KB126499

검은 문을 녹이는

김연필
1986년 대전에서 태어났다.
한양대학교 국어국문학과를 졸업했다.
2012년 『시와 세계』를 통해 시인으로 등단했다.
시집 『검은 문을 녹이는』을 썼다.

파란시선 0089 검은 문을 녹이는

1판 1쇄 펴낸날 2021년 10월 20일
지은이 김연필
디자인 최선영
인쇄인 (주)두경 정지오
펴낸이 채상우
펴낸곳 (주)함께하는출판그룹파란
등록번호 제2015-000068호
등록일자 2015년 9월 15일
주소 (10387) 경기도 고양시 일산서구 중앙로 1455 대우시티프라자 B1 202호
전화 031-919-4288
팩스 031-919-4287
모바일팩스 0504-441-3439
이메일 bookparan2015@hanmail.net

ⓒ김연필, 2021, printed in Seoul, Korea

ISBN 979-11-91897-07-4 03810

값 10,000원

검은 문을 녹이는

김연필 시집

시인의 말

언어는 물질이다.

투명하고 부드러우며, 열을 가하면 녹는다.

차례

제5부 말도 끝에 이르면

해설

제1부 혼돈은 어린 시인

정녕

너의 손등을 간지럽힌다. 네가 잠든 동안. 너의 손등에 볼펜으로 그림을 그리고. 그 그림은 지워지지 않는다. 너의 손에 말을 적으면 너는 조금씩 말을 시작하고. 너의 그림은 조금씩 흔들린다. 나는 흔들리는 너를 안아 본다. 흔들리는 너를 간지럽힌다. 너는 웃고. 그러다 보면 검은 돌들이 우리를 둘러싼다. 손등에 그린 그림은 돌의 그림이다. 손등에 쓴 말은 물의 말이다. 물이 너의 손등을 간지럽히고. 나는 웃는다. 웃음이 자꾸만 돌 속에서 흐르고. 나는 너의 손등에 그린 그림이다, 너의 뺨이다, 물에 적신 너의 어떤 곳이다. 어떤 곳에 어떤 그림 그린다. 너는 계속 웃는다. 나는 계속 우습다. 나는 흔들리는 것들을 본다. 돌아가는 것들을 본다. 우스운 것들에 다가간다. 너의 뺨에는 구멍이 많다. 너에게 물이 스미고. 너는 발화한다. 계속되는 발화 속에서 흔들리며 돌아가는 것을. 너의 손등이 지워지지 않도록 그리고 그린다.

나의 정원은 영원히 돌고

*

정원, 우리의 금속성 사랑이 내려앉은

너와 나를 너와 나라 부르기, 너와 나를 너의 나라고
부르기

시계 소리 멈추고 꽃에도 조금씩 불빛이 돌기 시작하
다 나의 금속성 너, 우리의 무기질이 우리를 조금씩 좀먹
다 사랑의 계절 너, 우리의 사랑 너는 돌고 꽃잎을 하나씩
떼며 점을 치고

*

너와 나의 시곗줄이 삭고 있었다 조금씩 삭아 시계는 매
달릴 수 없게 되었다 나는 조금씩 삭아 가며 하늘에 있는
것들을 불렀다 모든 신이 시계로 내려앉았다 하늘이 조금
씩 삭는 계절이었다 너와 나는 시곗줄이었다 시계를 매달
고 조금씩 죽어 가는 것들을 생각했다 시계는 계속 돌아가
고 나는 너와 함께할 수 있는 모든 것들을 생각했다 젖은
손가락으로 너의 손등에 글쓰기 너의 손등에 적힌 글을 나
의 입으로 말하고 있어도 조금씩 시계는 내려앉고 우리는
시계가 내려앉은 다음을 생각해야 했다 시계에 신이 없으

면 우리는 어쩌지 우리는 신 없이 시계를 돌릴 수 있을까 신도 다 삭은 날에 누구의 손목에 시계를 채우면 좋을까 초침은 돌고 조금씩 지구가 돌아가기 시작했다 한 하늘 아래 한 장면이 있고 장면이 조금씩 내려앉는 계절이었다 너와 나는 누구에게도 우리라고 말할 수 없었다

*

새들의 비행을 생각한다 매일 같은 곳에서 뜨고 같은 곳에서 지는, 하늘에서 이루어지는 것을 땅에서도 이루어지도록 하는

땅이 조금씩 돌아가고 불탄 새들의 정원에 핀 무기질 꽃, 때리면 바스라지는, 우리는 돌고 사랑을 하나씩 떼며 마지막 장면을 점치기만 하고

*

알아, 이제 시간이야,

조용히 잠들자 너의 볼에 새의 그림을 그려 줄게, 손목에 꽃시계 하나 차고

로샤의 마지막 공연

방 안이 조금씩 지저분해집니다

#

두 사람이 사랑을 나누었다 작가는
문장을 다시 적기 시작했다 방 안에
애인이 있다 그래 이곳이 지중해구나

*

지중해의 건조한 바람은 36.5도이다 지구도 그만큼 기
울어져 있다 (이 말은 거짓입니다) 지중해의 건조한 바람
에서 올리브가 자란다 그것은 마늘과 같은 것 마을에 갈매
기가 나는 것 그것은 조금씩 기울어지고 있다 (이 말은 사
랑입니다) 작가는 애인과 사랑을 나누었다 그것은 대화이
군요 지중해의 건조한 바람에도 지구는 말을 하지 않았다

지중해에서 홍해로 가는 법을 아십니까?

모두가 조심스레 작가를 나누었다

그것은 질문이군요

*

세 사람이 대화를 나누었다 독자는 문장을 지우기 시작했다

*

앙카라에도 터키쉬 앙골라가 삽니다 터키의 기후는 온후합니까 와일드 터키를 마신 일이 있습니다 그것은 미국 술이라고요? 독자는 작가의 애인과 사랑을 나누었다 배우는 대사와 사랑을 나누었다 말에서 뽑힌 말이 말을 하고 있다 터키에는 물에도 고양이가 산다더군요 그것은 포유류에 속하고

지중해의 건조한 바람이 홍해를 말려 버렸다

아홉 명의 사랑이 말라붙은 산호의 악취에 조심스레 애인을 나누었다 방 안에 애인이 있다 홍해의 바닥은 이런

식으로 드러났군요 성경은 알려 주지 않았습니다

*

지중해에는 로마도 있고 그리스도 있다 그리스 사람들
은 문어를 올리브유에 찍어 먹는다 아직 살아서 꿈틀대는
문어 다리가 기름장 속에 있다 기름장의 온도는 36.5도
이다 서른 명의 사랑이 그 정도 기울어져 있다 기름장이
끓어도 문어 다리는 꿈틀댄다 작가는 문장을 쓰고 지운다

배우는 언제부터 등장하면 좋을까요?

배우와 작가가 사랑을 나누었다 사랑은
이십팔만 오천사십이 조각으로 나누어진 사랑은
지구의 눈치를 보았다 저 조금만, 딱 십오 도만 더 기
울어도 될까요?

지구는 아무런 방점을 찍지 않았다
서른두 명의 관객이 서로
사랑을 나누고 있다

\#

방 안이 조금씩 지저분해집니다 이제는 청소를 할 시간
입니다

어떤 것이라도 반복하면 우스워진다

—

한밤에 캐리어를 끌고 길을 가고 있습니다
황량한 주택가에 덜그럭 소리가 울립니다

긴 여행을 다녀왔는데 먼 길을 가야 합니다
공항에서 내려, 전철을 타고, 버스도 타고 왔지만

캐리어를 끌고 멀리 떠납니다 덜그럭댑니다
빈 수레는 요란하고 이 캐리어는 비었습니다 한밤은 정
적이고 길가는 황량하고

가로등 불빛 하나 아스팔트 위에 서 있습니다

나의 캐리어는 텅 비어 시끄럽습니다 부끄러워 들고 가
봅니다 들고 가기엔 또 조금 무겁습니다
팔이 떨어집니다 길가에 바닥에 땅에 떨어진 팔을 들고
어디를 얼마나 가야 할지

황량한 주택가, 나는 걸어야 할지 뛰어야 할지 모르겠
습니다 아무도 없는데 모두가 보고 있는 밤
이 길의 끝을 모릅니다 저기 가로등 끝없이 이어져 있

—

습니다 누군가의 눈이 마치 빛처럼

　가벼운 인생이 가벼운 소리를 내며 드륵드륵 끌려갑니
다 가벼운 팔에 들려 가벼운 소리로
　마음만은 가벼운 적 없습니다 로드무비의 끝은 그렇습
니다 나는 독백자입니다 부끄러운

　마음만은 가벼운 적 없어 마음을 들고 냅다 뛰고 싶지
만 내 역할은

　끝없이 황량한 주택가를 캐리어를 끌고 가는 사람입니
다 긴 여행을 다녀왔는데 먼 길을 가며 생각하는

　인물의 상황과 심리를 파악하자면, 사건을 알아야 하
는데
　인물은 끝없이 걸어 소실점 너머로 다가가고

　나는 궁금합니다 감독은 언제까지 배우를 걸어가게 하
려는 건지

한밤중에 감독이 캐리어를 끌고 걸어갑니다 그것은 무거워 보입니다

황량한 주택가에 덜그럭 소리가 울립니다 이제는 그것을 운명이라 말해 봅니다

불멸

돌아가는 시계다, 선풍기다, 세탁기다. 돌아가는 기차다, 바퀴다, 순환선이다. 돌아가기도 하고 굴러가기도 하고 되감기도 한다. 돌아가는 마음이다, 바람이다, 물이다, 배수구다, 배수구에 낀 찌꺼기, 찌꺼기에 낀 더 작은 찌꺼기. 돌아가면서 머무르고 머무르면서 회전하고 회전하면서 흔들린다, 마음이다, 병이다, 다정이다, 다정도 병인 양하다. 돌아가는 병이다, 순환선이다, 순환기다, 호흡기다, 심장 폐 허파 간 염통 그런 것, 영원히 그런 것이다, 영원히 멎지 않는 것이다. 그렇게 돌아가는 시계다, 태엽이다, 계절이다, 여름이다, 여름을 넣고 돌리는 세탁기다, 여름이 없이 돌아가는 세탁기다, 햇빛이 없이 말라 가는 빨래다, 바람이다, 바람보다 빨리 눕고 바람보다 빨리 일어서고 바람보다 조금 약한 것이다. 흔들림이다, 머무름이다, 순환이다, 순환 중에 낀 찌꺼기다, 찌꺼기처럼 말라붙은 마음, 병, 영원히 멎지 않는 피, 영원히 굳지 않는 진물, 영원히 흐르는 고름, 고름에 사는 세균이다, 영원히 돌아가는 생을 가진 벌레다. 그러니까 나는 영원히 돌아가는 벌레의 생이다, 그러니까 나는 벌레고 벌레를 모른다, 모른다고만 하며 돌아가는 시계다, 세탁기다, 계절이다,

구름으로 만든 달 같은

— 　동사서독, 독고구패 같은 말이 생각나는 밤

　그러니까 바람이 부는 밤, 바람이 불고 아무 말도 하지 않는 밤, 무성영화처럼 떠드는 밤

　그러니까 동사서독, 소오강호 같은 말이

　바람처럼 부는 밤, 바람처럼 불고 바람처럼 돌아서는 밤, 바람처럼 돌아서서 땅을 짚는 밤, 짚어서 짚어서 만세를 부르고는 아무 말도 하지 않는 밤

　동방불패, 동방불패 같은 말만 하는 밤

　모래가 날리고 바람 소리에 어떤 말만 들리는 밤, 모래가 날리고 바람 소리에 어떤 말만 되풀이하는 밤, 모래가 날리고 바람 소리에 어떤 말도 할 수 없는 밤, 어떤 말로 남은 밤, 어떤 말도 아닌 밤, 어떤 밤도 아닌 말, 어떤 밤이 될 수 없는

— 　동사서독, 동사서독 하는 밤

무성영화를 본 적이 없는데, 밤에 뭘 본 적이 없는데, 밤에 노래를 부르면 뱀도 나오고 귀신도 나오고, 밤에 노래를 부르면 예수도 나오고 석가도 나오고, 밤에 노래를 부르면 마음도 나오고 마음의 그늘도 나오고

달의 그늘, 달의 그늘 하는 밤

밤에 노래를 부르면 네가 나오는데 자꾸 바람 소리에 노랫소리가 섞이는 밤

귀신도 낮도 들도 다 있는 밤, 동사서독, 구양봉, 구양봉 하는 밤,

네가 나와 황약사, 황약사 떠들고

황야에 그늘 같은 바람 부는 밤.

밤의 정경

—

야밤의 천변, 흰뺨검둥오리 마주 보고 놀다가, 마주 보고 바닥을 뒤지다가, 바닥까지 닿은 내 부리 보며 웃다가, 걷다가, 흔들리다가,

밤이라 잉어 말곤 고기가 보이지 않는군, 잉어는 움직이는군, 잉어는 잘 자는군, 잘 자라, 잘 자라, 내 잉어,
꺼안고 잠들다가, 들다가 들다가 땅을 짚어서, 밤을 바라보면

밤에는 아직 왜가리 놀고, 노래해도 놀라지 않는 왜가리 놀고, 같이 놀고, 같이 웃고, 같이 울고, 같이 지고, 왜가리 다 지면 나도 다 지고, 무슨 노래할지 몰라서

밤에 보는 왜가리는 밤에 정답다. 밤에 보는 잉어는 잘 보이지 않는다. 어떤 작위적인 말도 않는다. 밤은 선생이기도 하고 생선이기도 하다. 밤은 팔딱인다. 밤은 아마도 잉어인 모양인데

노래를 부르고 부르며 걸어간다. 옆에 귀신이 열심히 운동기구 돌린다. 귀신의 운동을 보며 나는 귀신의 노래

를 한다. 나는 귀신만큼 정겹다. 귀신은 딱 왜가리만큼 정
겹다.

정겨움 속에서 나는 다정함을 관측했다 딱 왜가리만큼
의 다정함을 관측했다.
야밤의 천변, 비오리 마주 보고 자다가, 놀라서 깨고, 나
를 보고, 나를 예측하고

야밤의 천변, 좌를 보다가, 우를 보다가. 안녕하세요. 꾸
뻑. 아직 여름은 오지 않았고, 접동새 울지 않았고, 철쭉,
철쭉, 나 혼자 열심히 우는 야밤의 천변

자전거가 지나간다 비행기처럼 먼바다의 섬으로 구름
남기고 먼바다의 섬에 뜬 미움 없는 구름 한 점이 결코 보
이지 않고,

모든 것을 상상하고 난 후 남는

　—

　혼자 영화를 보는 상상을 해 봅니다 그렇게 음습한 곳에서 서로를 치어다보는 상상을 해 봅니다 스크린에 나오는 너를 보고 너는 스크린에서 나를 보고 그걸 영화의 한 장면이라고 생각을 해 봅니다 응시하는 끝에 끝나는 영화를 보며 우리는 우리의 목적, 우리의 영화의 목적을 보는 상상을 해 봅니다 음습한 영화의 한 장면 그러니까 골목길 골목으로 들어서는 끝에 있는 토사물 그 모든 것을 바라보는 영화의 한 장면을 상상해 봅니다 어느 영화와 같은 일들이 일어나고 어느 영화와 같은 장면이 벌어지고 어느 영화와 같은 그런 오물 속에서 혼자 영화를 봅니다 혼자 보는 영화 속에 혼자 아는 이야기가 보입니다 이 영화는 내가 그린 영화요 내가 쓴 영화요 내가 보는 영화요 나를 보는 영화입니다 그렇게 나는 더 혼자가 되는 상상을 해 봅니다 혼자가 혼자를 보고 개가 오고 개가 나를 보고 개가 나를 보니 귀신이구나 귀신이 되어 혼자 영화를 보는구나 하는 생각을 해 봅니다 그렇게 간이고 쓸개고 다 빼 주고 나서 남은 그림자가 혼자 빛을 마주하고 흔들리는 상상을 해 봅니다 영사기 앞에서 흔들리기만 하는 상 그런 그림자로 남은 상을 상상하고 그림자에 남은 네 모습을 상상해 봅니다 그림자로 남은 너는 나를 뭐라고 말할 수 있을지 너는 나를 파괴할 수 있을지 홀로 있는 스크린에서 나를 파괴해도 좋을지 그리고 남은 내 모습을 상상해 봅니다 파괴한 뒤 마주하는 우리를 상상해 봅니다 상상하며 우리를 마중해 봅니다 우리가 떠난 뒤에도 나는 흔적이 남아 혼자 영화를 봅니다 영화에 그림자만 비추고 그림자에 마음만 비추고 그러니까 골목길, 골목으로 들어서는 끝에 끝나는 영화 한 편 오물로 남은 영화 한 편의 아름다운 이야기를 그려 봅니다 그게 내가 만든 영화를 혼자 보는 상상, 그러니까 끝날 수밖에 없는 이야기를 하는 상상, 상상으로 끝내는 이야기로 만든 상상입니다 나의 그림자를 보세요 나의 그림자를 보는 나를 보세요 나를 치어다보는 나 나를 치어다보고 망연자실한 나를 보세요 이것은 이야기입니다 상상입니다 스크린입니다 허상입니다 빛으로 만든 음습한 골목길에 있는 토사물입니다 간이요 쓸개요 영사기요 환등기요 모든 걸 토해 내는 위장이요 위장을 보는 영화요 위장된 영화요 위작인 스크린 없는 상영되지 않는 우리의 목적이요 그 속에 남은 그림자를 위한 상상이 검은 위장을 토하고 세계는 조금도 변하지 못하고 쓸쓸하고 쓸쓸한 토사물이 되고 스크린 속에서 음성을 지우며 어두운 방 안에서 나를 보면서 나를 부릅니다 부르면 정말로

어느 영화와 같은 일들이 일어나고 더는 돌이킬 수 없는
무서운 일이 벌어집니다

시계

말할 수 없는 것들로만 이루어진 시를 쓰고

슬픔 없는 시, 표정 없는 시
마음 없는 시, 몸 없는 시

말할 수 없는 것들로만 시를 쓰고

표정 없는 시, 마음 없는 시
몸 없는 시, 몸만 남은 시
몸만 남아 다가오는 시, 다가가도 소용없는
몸만 남아 말을 하는 시, 말로 된 시, 말할 수 없는 시

말할 수 없는 마음으로만 이루어진 마음을 쓰고

쓰고 나서도 읽지 않는 시, 읽고 나서야 시작하는 시
시작하지 않는 시, 시작되지 않는 시, 시작해도 소용없는
시
슬픔이 없는 십오 초 같은 것, 슬픔만 남은 십오 초 같은
것, 단 일 분 같은 것
비정성시 아비정전, 장국영 주윤발 같은 것, 쿼츠 시계

29

같은 것, 그러니까 석영이라든지
　그러니까 오래전부터 자라왔던 돌 같은 것, 돌 같은 시,
자라기만 하는 시

　그러고 나서도 말할 수 없는 시가 있고

　시를 쓰고, 시를 지우고, 썼다 지우는 내 사랑이고,
　공장의 불빛이 있고 외사랑이 있고, 슬픔 없고 표정 없
는 내 사랑이 있고
　공장으로만 된 내 마음, 끝없이 넓어지는 공장인 내 마
음, 공장뿐인 내 마음
　쿼츠 진동자 같은 것이 아닌 기계식 내 마음, 끊기지 않
고 부드럽게 움직이는, 태엽 같은 것이 박힌,
　눈동자 같은 것이 아닌 내 마음, 내 마음으로 쓰는 내 불
빛, 내 불빛으로 쓰는 내 불멸 같은 것

　불멸으로만 남은 시를 쓰고, 기계의 철커덕대는 마음을
두고,

　끝없이 인쇄하고, 슬픔 없이, 표정 없이, 마음 없이, 몸

없이

　몸만 남겨, 몸만 다가와, 몸만 다가와도 소용없고, 몸만 남아 말하고, 말해 봐야 소용없이

　끝없이 작동하는, 작동하다 멈추는, 멈추다 분열하는, 분열하다 회전하는, 회전하다 진동하는

　기계인, 톱니인, 태엽인, 마음인, 얼굴인, 표정인, 슬픔인, 사랑인, 영혼인, 공장인, 석영인, 진동인,

　불빛으로 만든 진동 같은 것, 진동하는 내 불멸, 불멸에 대한 십오 초, 불멸에 대한 일 분간,

　우연히 만났어도 어색하지 않은, 아주 오랜 연인처럼 길을 걷는, 걷다가 멈추는, 멈추고 분열하는,

　나의 비정성시, 아비정전 같은 시, 쿼츠 진동자 같은, 석영 같은,

비익조

글쎄, 알 수 있는 건 그런 게 아닌데 그래도 우리는 알 수 있는 것을 바라본다 나무 위에 있는 것 나무 위에 한 발로 서서 나를 바라보는 것 그것에 숨은 눈 그런 것

그런 것을 알 수 있는 건 아니잖아 그래도 우리는 나를 바라본다 바라봐도 알 수 없고 바라봐도 알 수 없는데, 나무 위에 있는 것, 아무 위에 있는 것, 한 발로 서서 한 눈으로 바라보는 것, 아무도 없는 숲에서 자라는 것, 그런 것을 알 수 있는 것, 그래도

매일 알 수 있는 것을 생각해 숲에서 자란 고철과 고물들 모두 눈이 있고 다리가 있어 하나씩 날아가지도 않고 움직이지도 않는 그런 것 나무 위에 있는 그런 것과 닮은 것 알 수 없는 것 그래도 우리는 알 수 있는 것을 두고 싶고 나무 위에 하나씩 그것의 형식을 짜 맞추기 시작하는데

(그림자를붙잡아도괜찮아나무위에꽃이서있잖아눈을감고날개를접고어두운구멍으로거꾸로머리를박고하나뿐인발이머리위로서고)

우리의 생활이 들린다 밤도 없이 낮도 없이 어두운 곳
에서 고물을 두드리는 생활, 고물을 잘 두드려 펴고, 잘 두
드려 편 고물들을 다시 두드려 패고, 잘 두드려 팬 고물들
을 알 수 있는 생활, 알 수 있는 것이 있잖아 딱 하나 우리
가 알 수 있는 것 잘 두들겨진 이 고물 이 활자 이제는 반
짝거리지도 않고 자유를 말하지도 않는

갑자기 이미지가 떠오르고 꽃이 떠올라 나무에 매달
린 꽃 산에 매달린 꽃 어디서도 자라지 않고 어디서도 열
매 맺지 않는 꽃 꽃으로 태어나 꽃으로 죽는 꽃 빨갛고 빨
갛기만 해 뒤에 검은 눈 있고 숲에서 사는 내 마음이 매
달리고

알 수 없는 것들이 알 수 없는 것들이 되어 더 깊은 곳
으로 들어간다 나는 말할 수 있는 장면을 잃고

글쎄, 나무 위엔 여전히 생활이 없는 것들이 있었어 형
식이 없고 구조가 없는 것들,
　장면을 잃고 서사를 잃고 통사를 잃고 현상을 잃고 마
음을 읽고 그림자를 읽고 너의 영혼처럼 포자가, 포자가

장면

창힐은 어린 시인. 개인 작업실에서 시를 쓴다. 계단을 내려가는 소리. 창힐은 어린 시인. 작업실은 지하여야 마땅하고. 창힐은 어린 시인. 반복해서 계단을 내려간다. 창힐은 온전히 계단을 내려갈 수 있을 때까지 계단을 내려간다. 그때가 되면 작업실엔 어린 시인. 어린 시인이 어린 시인이 등장하는 소설을 쓴다. 운동장엔 작은 시인. 풍뎅이보다도 작고 나비보다도 작은. 창힐은 어린 시인. 내가 쓴 시 서정에 등장하는. 창힐의 침상에는 심연이 있고. 심연은 어린 시인. 시인의 흔들림에서 빛보다 작은 나비가 날아가고. 이상하네? 빛보다 작은 나비가 어디 있어? 어디선가 소리 들린다. 나비는 어린 시인. 시인의 노른자에 바다를 넣는다.

\#

오래전 해변을 달린다 저건 절름발이다 시인은 쓴다 계단에 걸터앉아
저기 해가 노랗게 떠 있어 노른자야
어린 시인은 계란을 좋아하고 어린 물고기는 바다를 좋

34

아한다 이 소설 속에 등장하는 인물은 모두 공터에 걸터
앉아

저기 하늘에 운동장 벌레 날고 벌 날고 기타 물질적인
이미지 날아가고 그 안에 나무 계단 있다 반복은 걸음이
고 우리는 모두 걸터앉아 문학을 탓하고

하늘은 바보 계단을 사랑하지 않는다 계단은 어린 시인
을 사랑하지 않는다 어린 시인은 바다를 사랑하지 않는다
잘 익은 태양을 사랑하지 않는다 끝없이 계단 아래로 내
려가 스스로 비닐 같은 것이 된다

창힐은 어린 시인. 개인 작업실에서 시를 쓴다. 창힐 옆
의 심연. 심연 옆의 서정. 서정 옆의 혼돈. 이것은 대사에
불과합니다 사랑하는 이는 사랑하는 이를 붙잡고 돕니다
톱니바퀴라고 말하겠습니다 태엽 장치라고 말하겠습니다
이것은 혼돈에 불과합니다 그래도, 창힐은 어린 시인. 혼
돈은 어린 시인. 어린 시인의 얼굴에 구멍을 뚫는 벌레가
있구나. 벌레는 날아가고. 벌레는 어린 시인. 뒤집힌 딱정
벌레의 배 위에 얹힌 무거운 침상.

더 무거운 음악이 들린다. 창힐이 오르골의 태엽을 감는다. 여간 무거운 오르골이 아닌데. 태엽은 감을수록 뻑뻑해진다. 어린 시인의 팔이 갑자기 부러진다. 이것이 마흔일곱 번째의 시이다. 라고 서술자는 쓴다.

#

작업실에 앉은 창힐.을 바라보는 어린 시인.을 바라보는 누구. 왜 다들 이상한 소리를 하지? 심연을 바라보면 심연도 나를 바라본다? 마주 보면 안 되나? 마주 보고 웃어 보자. 마주 보고 놀리면 희롱하는 자도 희롱당하는 자도 웃을까? 저기 하늘에 계란 떠 있어 검은 계란이야 나는 안녕해 나는 시계를 차고 웃어 지금이 몇 시지? 시계가 조금씩 느려지는 것 같아 어제 한 번 떨어트려서 그런가 봐 아무튼 계란 떠 있어 정말이야 이제 그만 화 풀어 내가 잘못했어 시계를 한 번 고장 낼 수도 있지 그렇다고 해까지 멎어 버릴 건 또 뭐람, 그저 하늘에 계란 떠 있어 정말이야 잘 익은 것 같아.

두드리는 소리. 두드릴수록 단단해지는 소리.

여기 봐, 나 여기 서 있어. 잘 보여. 햇빛이 비치잖아.

제주도의 검은 돌이 보이는 비치 위의 썬 베드. 거기 홀라당 누워 등짝을 다 태워 먹은 검은 바퀴. 내가 그러니까 작작 태우랬잖아. 넌 어떻게 된 애가 정말.

시인은 어린 시인. 어느 시인이 나이가 들었니. 나도 작업실에서 해를 보고 싶어. 하지만 그건 어렵대. 시인은 돈이 없고 밝은 방은 비싸니까. 밝은 방은 우리 선생님 책, 밝은 방은 2,700원이야. 그것 참 좋다. 그 방 안에 들어가서 녹색 블라인드를 쳤으면. 어떤 사람은 풍뎅이가 되고도 직장을 잃을까 봐 걱정했대. 그런 것 생각하면 참 사람은 벌레인가 봐. 나비는 꿀을 빨고 풍뎅이는 수액을 빨고. 아무튼 나중에 통화해. 화난 거 아냐. 시인은 어린 혼돈. 혼돈 속에 서정이 조용히 서 있다. 옆집 아이는 이번 중간고사에서 2등을 했고. 서정은 3등을 해서 슬프다. 우리 이래서 언제쯤 책을 낼 수 있을까? 울고 싶다. 심연이 서정의 어깨를 조용히 감싸 준다. 서정의 얼굴에서 눈물이 똑 떨어진다. 암전. 누군가의 시계에서 오래된 교향악이 연주되고.

— 그래서, 이번은 몇 번째야?

\#

식탁 위의 냄비. 냄비 속의 전골.

전골에 고기 한 점을 얹는다. 창힐의 심장이다. 창힐의 심장이 조금씩 익는다. 핏기만 다 가시면 바로 먹으면 돼, 어린 시인이 말한다. 그래도 창힐은 어린 시인. 계란 한 알을 깨 전골에 섞는다. 이 전골은 갖은 버섯으로 육수를 내어 온갖 야채에서 나온 물로 맛을 낸 것으로, 그거 알아? 사람은 대부분이 물이래. 불순물이 섞인 물. 그렇게 생각하면 불순물이 사람인 것 같아. 심연이 운다. 심연은 어린 시인. 운동장으로 나간다. 물이 다 빠질 때까지 트랙을 돈다. 트랙 어딘가에 비닐봉지 한 장 바람에 날아다니고. 그래도 창힐은 어린 시인. 아직 책이 나오지 않았다. 물을 다 빼야 시가 될 거야. 창힐은 어린 시인. 아직 시가 되지 못했다. 창힐의 몸속에서 쥐치 한 마리가 돌아다닌다.

— 있잖아, 나 제주도에서 쥐치를 잡았어.

라고 말하는 장면. 바다를 바라보고 있다. 옆으로 등대
가 있고, 작은 오름이 있다. 검은 돌이 우리를 둘러싼다.
그 안에 계단.

계단에는 귀뚜라미와 노래기와 꼽등이. 깊은 곳으로 들
어간다. 라고 어린 시인은 쓰고

계단을 내려가면 작업실엔 어린 시인. 유리로 된. 투명
한. 그렇지만 아무것도 보이지 않는. 갑자기 서정이 등장.
아직 울고 있음. 이제 거진 물이 다 빠진. 해머를 들고 유
리 벽을 때리고. 종막으로 가닿는 분위기가 난다.

벌써 끝이야? 라고 누군가 외침.

#

광장 위에 계단이 서 있다. 가면을 쓴 사람들이 빙글빙
글 계단을 오르내린다. 음악에 맞춰 말을 한다. 노래를 부
르는 건 아니지만 노래를 부르듯이. 반복한다. 시끄럽다.
혼돈이 그 말들을 타이핑한다. 괄호를 열고 지시문을 적

는다. 희곡을 쓰고 있는 모양이다. 혼돈은 어린 시인. 창힐의 친구. 창힐이 뚫어 준 일곱 구멍으로 먹고 듣고 읽는다. 구멍으로 계속 체액이 흘러도 별 상관없다. 물이 다 흐르고 나면 푸른 꽃이 될 것이다. 푸른 꽃이 되어 멀리 떠날 것이다. 빛보다 작은 나비가 꽃 위에 앉을 것이다. 이것은 내가 쓴 다른 시의 일부분.

#

"정말 끝이야?"
누군가 외침.

비닐이 날아가잖아, 하고 금 간 질냄비에 소리가 울린다.

"끝낼 수 있겠어? 어려워 보이는데."
누군가 말함.

시계가 진열돼 있어! 하고 깨진 유리방에 소리가 울린

다.

"저기 있잖아, 사실은 나, 시를 쓰고 싶지 않았어. 끝없이 계단을 내려가고 또 내려가고만 싶었어."

누군가 읊조림.

그래, 하는 소리가 시계에서 심연으로 퍼진다. 어린 시인의 목소리다.

냄비 속에 하얗고 둥근 것이 있다 아직 구멍이 뚫리지 않은 혼돈이다 속까지 잘 익어 찔러도 아무 물 나오지 않을 것 같다

누가 거기 시계 좀 주워 줘. 이 시계 렌즈는 서정인데, 경도가 9라서 아스팔트에 긁어도 흠집 하나 나지 않아. 이것 봐. 내가 이 시계를 긁어 볼게. 라고 말하는 어린 시인. 시계를 밟는다. 발끝으로 강하게 바닥을 비빈다. 누가 이 시계 좀 주워 봐. 서정은 깨져 금이 가 있다. 손대면 베일 것 같다. 표면에는 흠집 하나 없다. 서정은 어린 시인. 계란의 껍질을 깐다. 계단의 끝으로 간다. 제주도의 바다가

말라붙는다. 말라붙은 소금 위로 바스라지는 소금쟁이. 이
것 봐, 내 쥐치가 다 말라붙었어. 혼돈이 없는 손으로 시계
의 용두를 돌린다. 자정이다.

#

창힐이 천 편의 시를 쓰자

서정은
작은 책상 위에서

타 닥
타
닥

내려와

톡

하고 떨어지는

작은 이빨

　같은 엔딩이 나오면 좋을 텐데, 어린 시인은 생각한다.
연극의 종막을. 책이 나오면 될까? 그런 걸까? 심연의 책
이 나오고 서정의 책이 나오면. 혼돈의 책이 나오고 창힐
의 책이 나오면. 책들이 모두 모여 도서관을 이루고 신화
를 이루면. 그럼 될까? 그런 걸까? 창힐은 어린 시인. 천
편의 시를 쓰고 일곱 구멍에서 물이 빠져 죽고 말았다. 이
렇게 말하면 돼? 심연이 주먹을 쥐고 서정의 입을 때린다.
서정의 이빨 네댓 개가 바닥에 떨어진다. 뿌리가 다 부러
졌어. 그러게 이것 봐, 뿌리가 다 부러졌어. 하늘에 잘 익
은 계란 있고. 그만해. 아직도 화낼 거야? 하늘에 계란이
있다니, 헛소리 좀 하지 마. 깨진 유리나 다 치워.

　이윽고 큰 손 등장. 계단을 오른다. 지하실에서 계단의
끝까지. 하늘 끝에 계란 떠 있고, 손이 계란을 집는다. 어
디선가 이빨이 나타나 계란을 터트리고.

#

운동장에 풍뎅이보다도 작고 나비보다도 작은 시인, 음지에 사는 벌레는 빛을 받으면 체내의 수분이 말라 곧 죽고 만다. 해변에 마른 해파리인지 비닐인지 모를 투명한 것, 파도에 쓸려 와 자신을 죽이는 몸짓을 계속한다.

곳

이름이 없는 벌레를 본다. 벌레는 이름도 없고 다리도 없다. 눈도 없고 코도 없다. 벌레는 꿈틀대지도 않고 아무런 움직임도 없다. 이 벌레는 그 벌레이다. 이 벌레는 그 이름 없는 벌레이다. 그 이름 없는 벌레는 아무런 구멍도 없이 그저 둥근 무엇이다. 이 둥근 무엇은 모든 것을 낳는다. 나는 이 벌레에게서 태어났고, 벌레는 나에게 아무런 말도 하지 않는다. 벌레는 숨을 쉬지도 않고, 움직이지도 않으며, 말을 하지도 않고, 말을 듣지도 않는다. 나는 벌레에게 아무런 말을 던져 보지만 벌레는 가만히 있을 뿐이다. 아무것도 않는 이 벌레는 그 벌레이다. 바로 그 벌레이다. 그 벌레가 저 벌레이다. 울지 않고, 웃지 않고, 아무렇지 않은 어릴 적 본 그 벌레이다.

가뭄, 서커스, 배수구

—

　시작하겠습니다 나무에 잎을 두고 잎에서 자라는 벌레
를 두겠습니다 벌레를 먹고 벌레만 먹고 벌레의 마음을 한
새를 달고 새에 고철 하나 매달려 날아가는 풍경을 두고
잎을 키우는 나무를 보겠습니다 나무를 봐도 아무런 흔들
림 없는 나를 보며 나는 너에게 던질 물음으로 너를 놀래
다가 네가 놀라면 안 되잖니, 아프잖니, 아프면 시작할 수
없잖니, 그러다 산에 매달린 나무를 시작하고 싶어 나무
의 병이 되었습니다

　꽃에서 나무가 피듯 너의 생활에는 무거운 것이 매달
린다 너의 생활은 아름답니 매일 좁은 집에서 더러운 집
에서 작동하지 않는 집에서 불운한 수도관을 부수니 불길
하고 아름다운 녹슨 철제 화장실을 부르니 불쌍한 것들을
떠올리며 사는 삶은 즐겁니 무겁지는 않니 사랑하기는 하
니 너는 그러면서 너와 함께 너의 집을 공구로 부수고 살
아온 너의 소리를 듣는다

　탕탕
　탕
　탕탕

—

탕탕
탕탕탕탕
탕
탕탕
고철, 나무, 새,
고물상, 서커스, 고물 개
나무로 만든 산에 핀 꽃, 산에는 꽃 피네, 꽃이 피네

물이 멎고 남은 것들에게 시작을 물으면 새가 벌레가
되고 벌레 속에서 끓고 있는 물, 오물 속에서 끓고 있는

고철로 된 네가 서커스를 한다 나는 너에게 매달린 나무
를 막는다 나무에게 장면이라 이름 붙이고 장면이 사라진
너를 본다 부서진 집에 사는 너 부서진 집이 사라지면 너
는 어디에서 사니 나를 사랑하기는 하니 나무에 잎을 두고
잎에서 자라는 벌레 너를 먹고 자라는 벌레는 예쁘니 벌레
의 예쁜 속에서 무언가 두들기는 소리가 들리는데 오래된
배관을 두들기는, 배관이 다 빠지고 껍데기만 남은 우리들

배경이 지워진 삶에 나무를 둔다 고사한 나무에 잎을 붙

이겠습니다 우리는 왜 이럴까, 우리는 왜 이럴까 하며 나
무 위에 서서 고철 장난감만 두드리다, 그런데, 있잖아 너
는 (너의 귓속에서 새의 형상이 날아간다)

서정

무언가가 팔락인다
큰 나무 아래서 팔락인다

팔락이는 것을 보면서 우리는 말했다 저것은 꽃이야 아니 보자기야 아니 새야 새의 날개야 아니 비닐봉지야 아니 귀신이야 도깨비야 나뭇잎이야 나뭇가지야 아니 우리를 보고 웃고 있는 어떤 사람이야

어떤 사람이 우리를 보고 웃고 있었다 아무렇지 않게 웃고 있었다 얼굴이 희고 그림자가 흐리다 그 사람을 보며 우리는 말했다 귀신이야 도깨비야 아냐 나뭇가지야 아냐 비닐봉지야 그래도 그 사람은 우리를 보며 웃고 있었고 우리는 계속 그 사람을 보며 말했다

팔락이는 것이 사람을 닮았다고 쫓아가서는 안 된다 그 뒤에 얼마나 깊은 심연이 있는지 모른다 어느 나무나 그 뒤에는 심연이 있다 사람을 닮은 것이 팔락이는 나무는 더 그렇다 따라가면 다시는 돌아오지 못한다 우리도 그렇게 돌아오지 못하고 어떤 심연에 가라앉아 있다

심연 속에서 무언가가 팔락인다 나비다 벌레다 귀뚜라
미다 아니 바퀴다 바퀴는 팔락이지 않아 하지만 우리는 팔
락이는 것에 대해 여러 벌레 이름만 붙인다 심연 속에서
팔락이는 것은 벌레여야 마땅하다 우리는 어차피 돌아오
지 못할 길에 들어왔다 팔락이는 것에 대해 생각하며 너
무 먼 곳으로 들어왔다

큰 나무가 팔락인다
팔락이며 멀리 떠나간다
우리는 계속 심연에서 팔락이는 나무만 바라본다
팔락이는 나무 위에서 팔락이는 사람의 표정을 바라
본다

우리는 돌아오지 못할 곳에서 팔락이는 얼굴에게 말한
다 팔락이는 얼굴은 아무 표정 없다 아무 대답 없다
어떤 숲속에서 우리는 계속해서 팔락인다 큰 나무에 걸
려서 팔락인다 팔락이며 웃는다 너를 보며 웃는다 너는
대답하지 않는다

조금씩 너의 얼굴에서 그림자가 사라진다 숲속에 해가

뜨지 않는다

느와르

손을 웅크려 보면 약지가 가장 길어. 그게 이상해서 나
는 약지를 들고 이리로 저리로 돌려 봐. 아무리 약지를 돌
려도 약지가 가장 길어. 기분이 이상해 약지를 툭 하고 뗐
어. 이제는 약지가 가장 짧아. 약지가 개미보다도 짧아서
어쩌나, 해도 약지를 도로 붙일 수는 없어. 어쩌나, 하며
떨어진 약지를 빙빙 돌려 봐. 짧아진 약지도 빙빙 돌려 봐.
어쩌나, 해서 약지를 회전목마에 빙빙 태워 봐. 청룡열차
에도 태워 빙빙 돌게 해. 아들아, 딸아, 아버지의 약지가
가장 길단다. 그래도 손을 웅크리면 약지가 제일 짧아. 세
상에서 제일 짧아. 내가 짧다고 화내는 것도 아닌데 어쩜,
세상에서 제일 짧아.

광장

　나의 문법으로 걸음을 걸어 본다. 나의 문법에서 나오
는 걸음을 바라본다. 나의 문법은 나처럼 천천히 걷는다.
나의 문법은 나처럼 흔들리며 걷는다. 나의 문법의 걸음을
조용히 따라가 본다. 나는 지금 나의 문법을 따라가고 있
고 나는 지금 나의 문법을 상상하고 있다. 나는 나의 문법
으로 생긴 걸음이다. 나는 나의 걸음으로 생긴 마음이다.
나는 나의 마음으로 생긴 계산이다. 나는 나의 문법을 계
산하며 조금씩 걷는다. 나는 나의 계산을 상상하며 조금
씩 걷는다. 상상 속에서 나의 문법에 대해 이야기한다. 이
야기를 하며 조금씩 걷는다. 조금 걷다 보면 길이 보이고,
모든 문법이 환해지기 시작한다.

제2부 홀로는 서로의 알레고리이다

곳

    나는 그곳에서 아무것도 할 줄 몰랐다, 아무것도 할 줄 모르는 속에서 아무것도 하지 않는 법을 생각했다, 나는 생각하는 법을 모르는 속에서 그곳에 갔다, 나는 그곳을 생각하며 너에게 뭐라고 했다, 나는 그곳을 생각하며 너에게 밉다고 했다, 나는 그곳을 생각하며 너에게 화를 냈다, 나는 화를 내는 시늉을 했다, 그곳에서 화를 낼 줄 몰랐다, 나는 화를 낼 줄 몰라서 아무것도 하지 않는 법을 생각했다, 생각하면서 나는 너에 대해 비난하는 법을 생각했다, 비난할 줄 몰랐다, 비난을 배우려 했다, 비난을 배우며 너에게 나는 그곳에서 아무것도 할 줄 모른다고 말했다, 너는 나에게 아무 말도 하지 말라고 했다, 아무 말도 하지 말고 잠이나 자라고 했다, 나는 너에게 밉다고 했다, 밉다고 하면서 싸우는 법을 생각했다, 생각하고 그곳을 떠났다, 나는 그곳이 어디인지 생각할 줄 몰랐다, 생각하지 않고 그곳을 떠나면서 그곳을 말하면서 그곳을 말하지 않으면서 그곳에서 그곳으로 그렇게 했다, 그렇게 했다고 생각하며 너에게 비난하는 법만 배웠다,

벽이 없는 대답

—

서로와 홀로가 마주 앉아 이야기를 나누고 있다 홀로는
서로의 알레고리이다

—

\#

홀로와 서로가 대화한다. 나 여기 앉아도 돼? 여기 앉
아서 무대를 바라보고 있어도 돼? 무대에는 사람이 둘 서
있고, 기둥이 둘 서 있고, 무대 뒤로 원형 계단이 있고, 솟
아오르거나 가라앉는 계단이야. 무대 위에 네가 서 있어
도 돼? 말 한번 걸어 봐도 돼? 무대에는 사람 둘이 회전하
며 춤을 추고 있고

테이블보를 치워. 거꾸로 된 상자를 뒤집어. 파란색 상
자. 조명을 끄고 무대에 작가를 앉혀. 작가를 뒤집어 봐.
작가의 뒤에 있는 계단으로 걸어 들어가. 작가의 바닥에는

두 마리의 뱀이 등장한다 뱀은 서로의 상징이다 상징적
인 뱀을 들고 배우가 양옆에 선다 있어 봐 지금 연극 시작

하잖아 극장에서는 떠들면 안 돼 핸드폰을 켜지도 마 메모는 조용히 종이에 펜으로 상징적인 뱀이 바닥을 기어간다 그것은 원형에 가깝다 원형은 서로의 상징이다 원형은 서로의 원형이다 서로가 일어서서 홀로에게 소리친다 홀로는 슬픈 것 같다 홀로 서서 바닥에 떨어진 상징을 바라본다

상징의 죽음으로 장면은 시작한다

#
이 연극은 상징을 찾기 위해 기획되었다 작가는 비유에서 상징의 단서를 발견한다 작가는 상징의 행방을 추리하며 무대에 오른다

너는 도대체 뭐 하는 애니? 교양이라고는 배워 처먹지도 못하고. 너무 그러지 마. 나도 내가 무식한 거 알아. 교양 같은 거 아무리 찾으려고 해도 없어. 극장 같은 곳 오고 싶지도 않아. 이 돈으로 밥이나 사 먹고 싶어. 울고 싶다 진짜. 나 이제 일주일간 라면만 먹어야 돼. 너는 어떻게 된 애가. 나가려면 너나 나가. 공연이 시작하면 극장 문을

열면 안 돼. 뭐? 울고 싶다 진짜.

　배우는 대사를 반복한다 배우의 대사는 상징적으로 투명하다 홀로 남아 의미는 확장된다 명백한 공간으로 남는다 무대에서 계속되는

　대화는 집의 비유이다 집의 알레고리이다 존재의 집이다 존재는 뱀의 상징이다 원형적 상징이다 원형의 상징이다 상징이라는 거 다 원형 아니니 꼬리 잡고 물고

　테이블보를 치워. 상자의 윗면을 찾아. 노란색 상자. 노란색 조명을 켜고 무대에 관객을 앉혀. 배우의 뒤에 이어진 계단이 혼돈을 향하고 있어. 혼돈은 어린 시인, 혼돈은 서로의 알레고리야. 기둥 뒤에 공간 있어요. 공간 속에 혼돈이 숨어 숨바꼭질을 하고 있고

　선명한 빛이 무대를 비춘다 창백한 무대가 빛을 받아 숨을 내쉰다 곧 죽으려는 듯 파랗고 선명한 무대가 비친다

　　#

너 괜히 더 시 쓴다고 하지 마 니가 뭘 너는 어릴 때부터 그랬어 그렇게 특별하고 싶어? 너는 인생 낭비한 거야 그래 십 년간 시 써서 뭐가 됐냐? 집에 와서 가게나 도와 니가 할 수 있는 일이 그거 말고 더 있냐? 니 방? 너는 거실서 자도 모자라 월급이라니 자식 된 새끼가 집안일 도우면서 돈? 이 건물에 니 권리? 생각도 하지 마 너는

　서로가 말한다 이거 치정극이었구나, 너도 좀 말해 봐. 혼돈이네? 언제 왔어? 너 요즘도 시 쓰니? 그거 해서 먹고는 살아? 그래, 잘 생각했다 그런 건 취미 생활로나 좀 하고, 너도 이제 나이가 있으니까

　극장에서는 누구나 침묵해야 합니다. 무거운 대사가 무대를 가라앉히고

　배우는 노래를 시작한다 집이 없는 사람은 입이 없다 입이 없는 사람은 일이 없다 일이 없는 사람은 말이 없다 말이 없는 사람들이 무대로 올라온다 무대에 사람이 가득 찬다 암전한다 가득 찬 사람들이 서로를 안고 춤을 춘다 어느새 홀로는 사라지고 없다

홀로를 상징하는 뱀이 서로의 꼬리를 물고 조금씩 삼킨다 뱀은 결국 수렴한다 이것은 빛의 알레고리이다

#

홀로 하는 술래잡기. 새벽에, 아무도 없을 때, 인형의 배에 쌀과 손톱을 채우면 영혼이 발생한다. 발생한 영혼을 뾰족한 것으로 찌르면 악의가 발생한다. 발생한 악의가 인형을 움직이면 홀로 숨는다. 홀로는 불안하다. 손에 칼을 들고 있지만. 악의가 귓가에서 음산한 소리를 낼 것 같다. 서로를 어떻게 죽이지? 서로가 죽고 나면 나는 홀로 뭘 하지? 악의로 서로를 죽이고 나면 나는 홀로 뭘 하지? 다시 한번 고민한다. 서로를 어떻게 죽이지? 악의로? 칼로? 비명으로? 상징으로? 희망으로? 빛으로? 귀신으로? 신으로? 죽음으로? 칼로? 믿음으로? 신으로? 기원의 상징으로? 죽음으로? 삶으로?

이 고민은 끝없이 계속된다. 무대 위의 두 사람이 서로를 죽인다. 무대 위의 기둥이 무너진다. 종말의 상징이다.

혼돈이라는 뱀 한 마리가 숲에서 무대로 기어 나왔다.
아무것도 상징하지 않는다. 무대가 무너지고 모두 죽고 비
극은 끝이 난다.

—

홀로와 서로가 마주 앉아 이야기를 나누고 있다 배경
은 창백하고 배경은 죽음에 가깝다 세계는 명징하고 세
계는 광선으로 수렴된다 조명이 꺼지는 것은 세계의 알
레고리이다

테이블보를 치우세요.

순치

건물에 무엇이 있었습니까 그 건물은 투명합니까 유리
로 되어 있습니까 그 건물은 단단합니까 부스러지지 않습
니까 부술 수 없습니까 그 건물을 깨도 아무것도 무너지
지 않습니까

건물은 흉물입니까 폐허입니까 건물의 기둥을 쳐도 건
물은 여전히 건물입니까 물어도 대답하지 않는 건물은 건
물일 수 있습니까 건물을 무너트리는 주문은 누구의 무
엇입니까

입방체의 건물을 생각합니까 영혼으로 된 빌딩을 생각
합니까 귀신이 되어 기둥 없이 빛만 머금는 탑을 생각합
니까 그 탑에 사는 사람이 있습니까 슬픔입니까, 아픔입
니까? 우리는 살생을 하는 건물을 생각하고 있었습니까
우리는 우리의 빛을 머금는 방식을 생각하지 않습니까 건
물은 아픔입니까, 죽음입니까? 그 건물은 부수고 부숴도
부서지는 것입니까

눈이 부십니까 빛이 멈춥니까 그래도 마음은 부서지지
않습니까 건물 안의 남자 하나 검은 물고기 남자 쥐치 같

기도 한 복어 같기도 한 빛이 찌르면 몸이 부풀어 오르는, 남자가 부풀어 오르면 나타나는 여자가 있습니까 건물은 빛의 공간입니까 빛으로 나타나 빛으로 사라지고 건물이 사라지고 나면 건물은 증오입니까, 구원입니까? 멸망이라는 여자는 어떤 얼굴을 하고 있습니까

　입방체로 된 얼굴에 떠오르는 죽음이 있습니까 그 죽음은 남자입니까 여자입니까, 쥐치입니까 복어입니까 빛이 찌르면 그 눈은 어느 방향을 향합니까 빛을 무는 물고기의 이빨은 무엇까지 갉아먹을 수 있겠습니까

　태초에 무엇이 있었습니까 그 태초는 투명합니까 유리로 되어 있습니까 물로 가득 차 있습니까 입방체입니까 슬픔입니까, 죽음입니까 영원의 기원입니까 유리로 된 남자가 평생 만든 어류는 어떤 고통의 비늘을 달고 태초의 폐허를 방황합니까

건축

—

이미지를 향해서 무얼 할 것이냐
한곳으로 운동하는 미세한 가지가 얽히면

수조 속의 산호 속의 황록공생조류
황록공생조류는 황색입니다 적색입니다 녹색입니다
형광으로 빛나기도 합니다 노랗기도 합니다 보라색입니다 하얗습니다
그래도 황록공생조류입니다 그러나 황록공생조류는

이미지를 말해서 무엇 할 것이냐

하며 입을 열고 입을 열면 나오는 갑각류야, 요각류야, 단각류야
거기 남조류야 갈조류야 모두 입을 열면 나오는 방사상의 동물아
그것의 이름은 이미지입니다 이미지의 이름에 담긴 이미지 그것의 이름은 수조 속의

마음이 자꾸 미워지니 수조 속 하늘에 맺히는 구름

—

탓해서 무얼 하는 마음, 탁하게 물이 든 마음속에 헤엄치는 요각류야, 단각류야, 뿔 하나 달고 저기 폴립 하나, 웃음의 짐승입니다 죽음의 포자입니다 이미지를 향해서 무얼 할 것입니다 수조 속의 산호 속의 황록, 공생할 것이냐 고사할 것이냐 고사하고 난 후에도 하얗게 뼈로 부스러질 것이냐 죽은 것들의 뼈대에도 자꾸 새가 내려앉더라 내려앉은 새가 자꾸 비를 뿌리면

바다에도 가끔 꽃이 피더라 꽃이 피기로소니 바다를 탓하랴 어두워지는 날에 이미지를 향해서 무엇하는 마음 거기
수조 속 바다에도 이미지를 탓하는 마음 없는 짐승 같은 마음 그저 탓해서 멀어지고 탓해서 부스러지는 이미지를

향해서 탓해서 저기 황색 적색 녹색 조류 공생하기만 하고 공생할 줄 모르는

형광으로 된 마음이 이미지인 듯 감각인 듯 내가 버린 오래된 부드러운 돌인 듯
백색으로 보라색으로 빛을 머금는 듯 빨아들이는 듯 빛

을 내뱉기만 하는 듯

●황록공생조류(zooxanthella): 산호의 폴립 내피 속에서 공생하는 조류
의 일종으로 광합성을 하여 산호에게 칼로리를 공급한다. 산호의 색채는
황록공생조류의 종류에 따라 달라진다.

캘리포니아

　살다 보면 나무가 되기도 하고 불이 되기도 하고 나무가 되었다가 불이 붙어서 숯이 되기도 하고 숯으로 만든 숲이 되기도 하고 숲을 말아 만든 계란말이 하나 남겨 두고 계란말이 하나 먹고 나서 나는 나를 먹어도 되는구나 하고 나는 나를 먹고 내가 되기도 하는구나 나를 먹고 하늘이 되기도 하고 하늘을 먹고 아스파탐 사카린 되기도 하고 알코올이 되기도 하고 그러고 보면 내 몸에 효모가 살았구나 내 몸의 효모가 매일같이 발효하는구나 매일같이 나는 술이 되기도 하고 불이 되기도 하고 증류해서 숲에 뿌려 불을 붙이기도 하고 불타는 숲을 보며 불타는 숯을 보기도 하고 매일같이 숲을 말고 돌돌 말기만 하고 두루마리만 만들고 두루마기만 만들고 숲으로 된 숯으로 된 두루마기 되어 털 많은 짐승에게 입히기만 하고 털 많은 짐승 만져 주고 만져 주면서 하루 종일 발효되기만 하고 술이 되기만 하고 증류되기만 하고 영혼이 되기만 하고 사막으로 가기만 하고 멀리 차 타고 달리며 1969년 이후 없었다는 미국의 영혼 같은 것이 되어 핑크빛으로 물들고 핑크빛으로 물들어 탄산만 뿜기만 하고

그릇을 드러내는 온전한 방식

멀리 떠났을 것이다 길은 길고 멀리까지 뻗어 있을 것
이고

너와 나는 한 차를 타고 길을 달릴 것이다 길에는 터널
이 있고 또 터널이 있고 터널을 지나면 잠시 나오는 세계,
터널의 내부에 결속된 세계는 은밀하고 소란하고 아무 말
않으며 빛을 비출 것이고

길은 끝까지 이어지고 끝은 끝까지 이어지고 나는 너에
게 말하고 너는 듣고 너는 끝까지 말하지 않고 나의 말은
끝에 닿았을 것이다 세상의 끝 그 속에 가라앉은 숲이 있
을 것이다 나는 침몰의 숲에서 화분을 씻고 흙을 심는다
너는 그걸 보며 내게 그렇게 아파도 괜찮겠니 묻고

실체 없는 것들이 실체성을 얻는다 나는 지금 마음을
씹어 끊는 장면

먼 길을 떠나 국수 한 그릇 먹고 마음을 비운다 빈 마음
이 바닷속에 가라앉는다 침몰하는 배에서 텅 빈 그릇 하
나 바닥에 떨어지는 것처럼

국수 그릇에 다진 양념을 넣고 찬 육수를 붓고 살짝 씻

듯이 젓고 노른자를 으깨며 말하는 법을 배우고 식초를
몇 방울 떨구고 가위로 면을 자르며 삭은 생선의 살을 씹
는 묘사를 하면서

　파도는 조금씩 기울어진 숲이 될 것이다 기울어진 숲에
기울어진 새가 울고
　(그것은 너를 드러내는 가장 직접적인 방식, 이 진술에
나는 드러나지 않을 것이고)

　돌아올 것이다 길은 길고 세계는 터널의 중간에 드러나
는 구간, 물을 빚어 사람을 만들었습니다
　말하는 법을 잊은 아이가 눈먼 아이와 떠나 흙으로 그
릇을 만드는 이야기 표면과 이면을 접합하며 조금씩 어둡
고 무거운 세계의 그릇을 씻듯이

영사기

—

모두가 서로를 위하는 세계

이상한 세계에서 바라보는 이상한 시계와 이상한 사람
과 어떤 이상한 상황과 이상한 문장

모두가 서로를 위해서 춤을 추어 주세요

이상한 상상과 이상한 그림자와 이상한 바람과 이상한
마음의 그늘 이상한 그늘에서 쉬는 이상한 사람과 그의 모
자 속에 숨어든 어떤 그림자 그림자를 비추는 어떤 그림자

모두를 위해 추는 춤을 서로 바라보아요

모두 바라보고 모두 움직이고 모두 춤을 추고 모두 서
로에 대해서 상상하고 서로에 대해서 사랑하고 서로에 대
해서 불편하고 서로에 대해서 웃고 떠드는 어느 주말 밤
술집 같은 곳

서로를 위해 웃어요, 웃다가 멈춰요

—

멈춘 것들의 그림자를 보면 그림자 속에서 움직이는 것이 있다 이상한 그림자 속에서 빛나는 이상한 웃음, 이상한 웃음 속에서 빛나는 이상한 울음, 이상한 울음 속에서 빛나는 이상한 달빛 같은 것을 찾아 떠나는 사람들, 사람들 속에서 빛나는 어떤 멈춘 것들, 멈춘 것들을 위한 사랑들, 사랑스러운

　서로를 위해 사랑해요, 모두 사랑해요, 모두 웃어요, 모두 움직여요, 모두 멎어요, 모두 사라져요

　사라지지 않고 나는 조금씩.

질투

＿

　응, 마주 보고 바라보면 우리가 될 수도 있지 우리가 마주 보고 안아 보면 마음이 생길 수도 있던 없던 마음을 위해 우리가 사랑하면 우리가 나무가 될 수도 있지 나무에서 자라는 덩굴이 될 수 있지 그래, 우리가 마주 보면 마음이고 마음으로 둘러싼 나무고 나무를 둘러싼 덩굴이 되어 나무를 죽일 수도 마른 나무를 잘 태울 수도 있지 모두 불사르고 우리 여기서 마주 보고 우물을 봐야지 우리 우물과 마주 보고 서서 우리를 봐야지 우리 우물을 보며 우리를 잘 마른 갈잎과 솔잎과 단풍잎 은행잎 만들어야지 응 우리 서로 사랑을 해 봐야지 한 번 두 번 사랑을 하고 열 번의 천 번의 사랑을 하고 그러면 사랑도 잘 마른 잎 되어 하늘로 날아가고 바람 불면 하늘에 잘 마른 잎들만 날아가고 나는 마른 잎 되어 마른 마음 되어 슬픔 되어 슬프다고, 응 그래 슬픈 미움 두고 밉다고 미워서 우리를 흔들고 우리 사랑 다 우물에 떨어지고 우물 위에 흔들리고 바람 불 때마다 우물 아래 가라앉아 부식되고 응, 응, 우리 부식된 마음 우리가 안고 마셔야지 우리 영원히 우물 속에서 부식되고 부식되고 영원히 흔들리는 마음 없이 그래, 응,

＿

74

구멍

방에 앉아 홀로 혼돈을 빚었습니다
우주가 둥글어지도록, 조심히 모양을 다듬습니다

*

오늘은 혼돈을 탕국에 넣었다. 어제 빚은 혼돈에 날개
가 달려 있었다. 혼돈을 조용히 어둠에 놓아두면 날개가
자라는 법이다. 잘 우린 육수에 혼돈을 하나둘씩 넣어 데
쳤다. 혼돈이 잘 익은 뼈처럼 떠올랐다. 한 그릇씩 떠서 파
와 마늘, 후추를 뿌리고 숙과 홀을 기다렸다.

(카메라, 탕국을 클로즈업. 설탕의 시선이 어두운 방 안
을 돌아보듯. 떠오르는 혼돈, 조용히 대사를 읊조린다.)

*

숙은 남에서 오고 홀은 북에서 온다. 빛은 하늘에서 오
고 물은 지하에서 온다. 지하에서 오른 물이 온 방을 적셨
다. 반지하 방 안 하늘은 여전히 흐리고 먼지에 태양이 보
이지 않았다. 상 위에 혼돈이 조심스레 앉아 있었다. 혼돈

의 다리가 조금씩 자라고 있었다. 탕국에서 빛이 조금 흘러 상 위를 적셨다. 혼돈은 어둠인 줄 알았는데 아니었던 모양이다. 그릇이 혼돈에서 나온 물에 조금씩 녹고 있었다. 빛이라고 부를 수 없는 시절이었다.

*

(화자, 내레이션. 화면에는 비가 오는 장면. 어린아이들의 웃는 소리 들린다. 디졸브. 음악 소리. 알 수 없는 악기가 바람에 흔들리며 소리를 낸다. 깨진 우주에 철 가루를 붓는 소리다.)

바람에 먼지가 불던 날들. 숙이는 어릴 적 유치원 친구. 숙이는 가짜 백사장에서 가짜 모래성을 만들던 친구. 파도가 쳐야 모래성이 부서질 텐데. 가짜 백사장에서 가짜 소문들이 자라고. 숙이는 어릴 적 유치원 친구. 언제 죽었나 모를 유치원 친구. 먼지가 바람에 죽던 날들. 홀이는 모래성을 매일 부수고. 부수고 부숴도 돌아오지 않는 친구. 내가 빚은 혼돈은 내가 빚은 혼돈. 숙이는 어릴 적 좋아하던 유치원 친구. 가짜 친구. 가짜 죽음. 아무리 그래도 바람에 먼지가 불던 날들.

*

　손으로 얼굴을 가리고 말했어 불탄 종이를 보면 생각이
나는 말들, 이것은 액체로, 빛에 닿으면 부스러지고

*

　홀이 상 위의 혼돈을 젓가락으로 찌른다. 이거 다 익은
거 맞아? 그리고 다시 젓가락으로 찌른다. 안 익은 거 같
은데. 혼돈의 안에서 피가 흘러나온다. 혼돈의 피가 너덜
너덜하다. 아무래도 안 익었는데. 날개는 다 찢어졌다. 탁
한 탕국 속에 부스러진 숙. 혼돈에서 꽃이 피었습니다. 이
는 코스모스꽃. 그 사이 가을이 되었나. 그리고 빛이 폭발
하고 모두 눈이 멀고 세상의 종말.

*

　혼돈을 한 그릇 먹었습니다 우리의 배 속에서 우주가

흘러나오고

　혼돈에 일곱 구멍을 뚫으면 세상이 시작됩니다 내가 빚
은 혼돈에 어두운 빛을 비춰 봅니다

비행운

　달이 떠 있고 달의 바다에 내가 떠 있고 어두운 암석을 바라보면 어두운 마음이 드러나고 어두운 마음으로 달의 바다를 파고들면 달의 바다에 먼지를 일으키면 나는 혼자서도 자랄 수 있구나, 혼자서 자라도 되는구나 하며 달의 바다에 오래된 마음을 띄우고 부유하는 마음속에 사는 오래된 펭귄 하나 부르고 펭귄은 나를 보고 웃고 나는 달을 보며 웃고 멀리 지구가 보이고 얼굴을 바라보며 지구의 먼지를, 펭귄을 껴안고 달의 마음으로 파고들고

*

　돌아온 집에는 먼지가 산다
　혼자 서 있는 펭귄 한 마리, 부동의 펭귄 한 마리
　머리에 먼지가 어깨에 먼지가 먼지 위에 먼지가

　걸레로 친구를 닦아 내는 일상 비가 내리면 반지하 창밖
　회색 걸레를 손에 들고 바라보며

—   *

경도된 마음,이라 했었다

        *

나는 달에서 무엇을 했었나 분명 달에 떠 있었는데 부
유하는 달 위의 장난감들을 갖고 논 적이 있었는데 달 위
의 장난감 펭귄 장난감 암석 장난감 먼지 모두 들고, 그래
생각하면 달 위에 두고 온 것이 많아 하늘을 보면 달이 있
구나 생각하면 나는 아직 덜 자란 것 같아 죽는 날까지 두
손 위에 장난감 달 들고

친구에게 물었다 우리의 책에는 어떤 마음이 들려 있
을까
우리는 아직 책을 쓰지 않았지만, 분명히 존재하는 책
을 이야기하고

        *
—

어느 날부턴가 돌리고 있는 나의 장난감 천구, 펭귄의 천구, 극과 극을 이어 만든,

천구 위에 올려진 장난감 친구들이 웃으며, 울면서 나를 위해 돌고, 들판이, 어쩌면 천구 위에 경도된 몸들이

방점의 건축

—

계단 위에 쓰레기가 널브러져 있다.

*

1.

그래 아파트에는 계단이 있고 누가 아파트에 계단을 넣었니?

계단 위에 제단 위에 하늘 빨갛고 노랗고 조금도 물에 젖지 않았다

2.

누가 처음 아파트를 지었을까 아파트는 시옷 자 모양인 모양이다 이곳에서는 아파트를 알 수가 없다 아파트에는 유리가 많다 다 깨졌으면 좋겠다 저기에 사람이 산다는 게 믿어지지 않을 때가 있었다 너도 아니 나도 아파트에 살던 때가 있었다 아파트가 언제 저렇게 예뻐졌나 아무리 생각 해도 기억나지 않는다

—

3.

그래 아파트에는 계단이 있고 나는 매일 계단을 쓸었다 종국에 먼지는 뭉치고 쓰레기는 덩어리가 되고 그래도 청소는 끝나지 않아 매일 수업이 끝나고 나면 교실에서 책상을 밀고 바닥을 쓸었다 학교가 무너지는 동안 너는 제단을 오르내리며 작은 입을 아 벌리고 오 벌리면서 무언가 옹알이고

하늘 위에 떠 있는 성, 계단 위에 쓰레기가 널브러져 있다 빨갛고 파랗고 아무리 읽어도 아무 발음되지 않는다

*

저기 발자국이 있습니다 새를 닮았습니다.
나는 단지라는 말을 싫어합니다 계단은 빨갛고 노랗고 장마는 끝까지 끝나지 않았습니다.

곳

곳에서 곳을 만났다. 오랜만에 보는 곳은 많이 말랐다. 나는 곳에게 무얼 먹고 싶냐고 물었다. 어딜 가고 싶냐고 물었다. 곳은 아무 대답 없었다. 나는 다른 곳으로 가자고 했다. 다른 곳에도 곳이 있었다. 곳과 곳이 서로를 만나 껴안고 있었다. 서로의 얼굴을 보지 못했다. 나는 곳에게 거울을 비춰 줬다. 곳이 곳을 보고 울었다. 곳아 너는 어디로 갈 수 있는 거니. 그러다 나는 곳을 못 본 체했다. 곳과 곳이 헤어지는 것을 본 것 같다. 것과 것이 마주 보는 것을 본 것 같다. 나는 마음 없이 마음을 흘리며 돌아다녔다. 오랜만에 보는 곳을 뒤로하고. 곳, 너는 울지 않아도 돼. 곳에서 곳으로 갈 수 없어도. 곳곳에서 곳곳을 만날 수 없어도. 나는 곳을 위해 아끼던 벌레를 데려와 곳에게 주었다. 내가 생각나면 너는 벌레의 단단한 등딱지를 쓰다듬으렴. 사랑한다. 많이 마른 곳을 쓰다듬을게. 곳은, 나를 위해 아무런 말없이 거울을 비춰 주었다.

제3부 손등에 쓴 말은 물의 말이다

헤매는 밤

이 시는 왼쪽에서 오른쪽으로 읽습니다
위 줄부터 차례로 내려가며 읽습니다

오래전에 읽은 책이 한 권 있습니다 그 책에는 두 명의
시종이 등장합니다
나는 측량할 수 있을 듯합니다 그 책에 나는 등장하지
않습니다

나는 시종에게 부탁했습니다 부탁은 간결하고 부탁은
명확합니다 시종은 듣고 아무것도 하지 않습니다

밖은 눈밭입니다 멀리 성이 보이는 것도 같은데 성이
아닌 것도 같습니다 이와 같은 문장은 어떻게 읽어야 적
절합니까 이와 같은 명령은 조금은 눈밭이고 조금은 높
은 곳이고 조금은 오른쪽에서 왼쪽입니다 이는 눈이 내
리는 방향이고

이곳은 설원이라고 누가 말했습니다 시작은 성벽이라
고 누가 말했습니다 나는 성벽에게 묻습니다 시를 읽는 법
을 시를 읽으며 계란빵을 먹습니다 그것은 달고 고소하며

케첩을 뿌려 먹으면 더욱 맛있습니다 이 문장은 어울립니까 저기 독자가 있습니다 독자의 사랑이 문장을 시로 포장하는 것이라면

이 시는 어디서부터 어디까지입니다 시를 읽는 일은 언제부터 언제까지입니다 이 시의 맨 아래에는 꽃나무가 있습니다 벌판 위에 있습니다 불탄 꽃잎을 보면 그건 불탄 설원, 시종은 길 위에 눈사람을 만듭니다 나는 명령합니다 접시의 절반을

하지만 이 시는 위 줄부터 차례로, 왼쪽부터 차례로, 구름은 옆에서 옆으로, 멀리 성은 구름 쪽에서 구름 속으로

모든 말들을 경계하는 이가 여기 있어서 모든 가능한 방향으로 글을 읽고

옛날부터 모든 시는 왼쪽에서 오른쪽으로 읽습니다
그렇게 말하면 이 책의 모든 가능성이 시작됩니다

당신도 어디인지 몰랐잖아요

슬픈 상자는 슬픕니다. 뒤집혀서 슬픕니다. 뒤가 어디인지 모르는데. 오늘은 나무에 올라갔습니다. 나무의 뒷면입니다. 슬픈 상자는 상자만큼 슬픕니다.

슬픈 나무도 있습니다. 슬픈 나무는 뒤집혀서 슬픕니다. 뒤가 어디인지 알 것도 같은데. 오늘은 나무에 올라가지 않았습니다. 나무가 나무를 올려 주지 않아서. 나무는 나무를 올려 주지 않아서.

나무는 슬픕니다. 나무를 올릴 수 없어서. 나무를 올리면 부러져서. 부러지고 싶은데, 부러지는 게 무서워서. 올라간 나무가 부러워서. 나무는 웁니다. 슬픈 상자처럼 웁니다. 눈물도 흘리지 않고 슬픔도 흘리지 않습니다. 슬픈 나무는 슬퍼서 슬픕니다.

슬픈 나무 위에 슬픈 다람쥐가 올라갑니다. 슬픔의 껍질을 둘러싸고 올라갑니다. 볼에 슬픈 종자가 잔뜩입니다. 모두 슬픈 종자라 슬픕니다. 언제까지 볼에 잔뜩 알갱이를 넣고 올라가야 할까요. 언제까지 볼에 잔뜩 슬픔을 담고 올라가야 할까요. 슬픈 다람쥐는 슬픕니다. 다람쥐라 슬픕니다. 다람쥐지만 슬픕니다.

나는 처음 등장합니다. 상자를 보았습니다. 뒤집어 보았습니다. 뒤가 어디인지 모르는데. 오늘은 나무에 올라갔습니다. 나무의 뒷면입니다. 나무의 뒷면을 모릅니다. 나무를 뒤집고 싶습니다. 슬픈 다람쥐 한 마리를 봤습니다. 나무에서 봤습니다. 줄무늬가 슬픕니다. 꼬리가 슬픕니다. 꼬리를 꼬리꼬리 눌러 봅니다.

슬픈 꼬리 하나가 떨어집니다. 슬픔이 무엇인지 알 것 같은데. 오늘은 나무에 올라갔습니다. 나는 등장하지만 등장하지 않습니다. 나는 일인칭이 슬픕니다. 상자도 일인칭일 수 있을 것 같은데. 오늘은 슬픕니다. 오늘은 나무가 슬퍼서 등장하지 않습니다.

나는 슬픈 가지입니다. 모두 나를 익히려고 합니다. 생으로 먹으면 아플 것 같아서. 등장이 너무 아플 것 같아서. 너무 힘든 이미지지만. 슬픈 가지는 슬픕니다. 아무렇지 않아서 아무렇지 않게, 뒤가 어디인지 모르는데.

봄과 기울어진 새

영희는 집을 나와 아홉 시에 돌아왔다. 철수는 아홉 시에 나가고 싶었지만 나가지 못했다. 영수는 아홉 시에 나가 돌아오지 못했다. 돌아오지 못한 영희를 찾아 정희가 나섰다. 집에 남은 아이들은 불안에 빠졌다. 불안한 아이 하나가 집을 나갔다. 불안한 아이 하나가 다락 속으로 사라졌다. 불안한 아이 하나가 가장 깊은 곳으로 스몄다. 삭제된 아이들이 홀연히 돌아왔다. 영희는 일곱 시에 돌아왔다. 영희를 따라간 것은 상수뿐이었다. 상수의 마지막을 본 것은 정희뿐이었다. 시대가 지나갔다. 모든 게 변해버렸다. 상수는 상수의 자세를 하고 있었다. 그 집에는 이제 아무도 남지 않았다. 그 집의 마지막을 본 것은 오직 겐지의 산토끼뿐이었다.

*

불탄 꽃잎을 보면 생각이 든다 저것은 나무이고 저것은 부러졌구나

*

벌판 위에 서면 자꾸 꽃나무가 보일 듯만 하다 보이지

않는 꽃나무의 잎을 어떻게 어루만져야 좋을지 모르겠다
저 나무는 꽃이 진 후 잎이 자라는데, 숲에서 자꾸 산토끼
가 자라면 나는 고양이가 된다 꽃나무에 올라가 꽃 다 떨
군 뒤 내려가지 못해 겁먹은 얼룩 고양이

   *

  그래 그러다 보면 나는 숲이 되기도 하고 숯이 되기도
하고 다 불사르고 나서 나는 나를 파괴할 수도 있구나 불
타도 나는 부서지지 않는구나 재에 빨강을 칠하면 빨강은
조금 단단하고, 빨강은 지난 태풍에 부러진 아버지를 불
태워 만든 것, 빨강에 부은 재는 조금도 기름이 되지 못
할 것,

   *

봄이
왜 자꾸 꽃이라고

하루만큼 거세지는 믿음
일 초만큼 어려지는 미움

(한 가지 더 말해 줄게 있잖아 사실은 말이야 그때)

영희는 집을 나와 나무 속으로 들어갔다. 철수는 나가고 싶었지만 어디에도 옹이가 없었다. 불안에 빠진 영수는 한 번도 뒤를 돌아보지 못했다. 불안한 아이의 이름은 산토끼, **빨강**, 꽃나무이다. 삭제된 아이들의 이름을 알아보고 싶었는데 조금도 알 수가 없었다. 시대는 돌아왔고 상수는 영원히 돌아오지 않았다. 그래도 자꾸 다정이 흘렀다. 정희의 얼굴을 쏜 것은 누구의 물총이었을까, 겐지는 돌아서며 땅을 짚고 만세를 부르는데

벌판 위에 검은 고양이 한 마리, 두드리면 조금씩 문이 열린다.

보르헤스

　멀리 있는 땅에는 큰 뱀이 산다. 물 위를 기어 다니기
도 하고 땅 위를 기어 다니기도 하는 큰 뱀. 큰 뱀은 언제
나 배를 붙이고 미끄러진다. 한시도 배를 떼지 않는다. 큰
뱀의 배는 얼마나 차가울까. 큰 뱀의 배를 만지면 얼마나
차가울까. 큰 뱀은 멀리 강을 건너기도 하고 나무에 오르
기도 한다. 나무는 큰 뱀을 지지한다. 조금 무거운 게 아
닌데…… 나무는 큰 뱀을 지지하며 큰 뱀의 차가운 배를
만진다. 큰 뱀은 그럴 때면 조금씩 커지고, 조금씩 더 커
지고, 커지다 못해 멀리 바다 건너까지 떠나 버리기도 한
다. 나는 큰 뱀의 이름을 알고 큰 뱀의 이름을 불러 보지
만, 여기서 보이는 건 큰 뱀의 마음뿐이라서 아무 말도 못
하고 그냥 돌아선다.

사선서사

마지막 이미지가 차례를 기다리고 있다

빛이 비치는 숲속 두 마리 벌레가 만나 서로의 몸을 뜯는 모습이다

여기 벌레를 닮은 먹을 것, 오감으로 빛을 머금고 있다 그것은 처음의 이미지이다

광선이 장면을 관통한다 한 인물이 한 인물의 입을 벌려 이를 뽑아내고

그곳으로 벌레가 진입한다 그것은 다정한 장면 그것이 모여 이루는 한 실체적 이미지

이를테면 지주와 소작농이다 하나가 걸어가면 하나가 따라가는

그 두 마리 다정히 날아간다 벌레는 형상이 없고 벌레는 무게가 없으며

이런 이미지는 아무도 읽지 않는다 세상엔 다정이 넘치고 예쁘고 아름다운 것들

형은 그런 것 못 쓰잖아? 이런 것 이제 아무도 안 읽

—

는대,

　문학이 위로와 위안을 준다, 이런 거 중요하고

　이런 어두운 대사는 누구도 내뱉지 않는다 빛이 비치
는 숲속

　그러니까 이건 양잠가의 이야기다 오늘 길에서 오디를
따 먹었고

　짙푸른 옷에 하얀 실과 가루가 흩어진다 누에의 암컷은
날지 않는다

　날개가 자라지도 않는다 고치를 떠나지도 다 큰 후에도
벌레처럼

　우리가 먹었던 게 정말 번데기였을까? 라며 정말 아름
다운 인물이 다정하게

　손에는 보라색 물이 들었고, 우리는 가물수록 더욱 짙
고 달아서

　까지의 이미지가 모두 벌레에서 발생했다는 것은 빛을
따르는 이들의

　솔직히 서사 제대로 안 갖춘 소설은 일단 평가에서 제

외되는 것 같아 상업성이

  같은 말들이 허공을 나풀거린다 나비의 움직임은 예측
이 어렵고
  대부분의 말은 자전거에 치여 죽는다 운동의 이미지는
시대만큼 명확하고
  벌레는 형상이 없고 벌레는 무게가 없으나

  이런 이미지는 감각의 이미지다 감각은 질량이 없고 감
각은 실존하지 않아 푸른 옷에 하얀 가루

  어쩜, 문학은 이렇게 아름다울까? 예쁜 말 모여서, 다
정하게 감싸고
  문학 정말 세상에 둘도 없는 천사 같은 것이구나, 신성
해서 신이 우리를 구하고자 내려주신

  벌레를 닮은 먹을 것을 아름다운 연인이 씹는다 터진다
현재의 감각이다

  태초의 이미지가 차례를 기다리고 있다 벌레는 구원받

고 벌레를 보라색 빛이 관통하고
벌레의 뒤집힌 등에 아직도 수명이 매달려 있다

표면순환

물이 회전하고 있다 바람이 멈춘 것 같다 새 한 마리 날아간다

부정한 바람을 닮았습니다 둥글고 푸른 것, 새는 말을 하지 않습니다 새는 꿈속에서 날아가지 않습니다

손등에 자란 파란 깃을 깊은 물에 담갔다 물에 담겨도 젖지 않았다 깃에 맺힌 물방울을 보니 물은 차분하구나

수면에 꽃이 피니 너는 바람을 탓하고, 새는 내려앉습니다 물에 비친 성 위로

말을 해도 성은 무너지지 않습니다 수면을 경계로 검은 꽃과 붉은 꽃이 마주하고 있었다

계단

조금씩 사라지는 것들에 대해 생각했다 저기 저 건물,
누구의 설계로 지어진 것인가, 누구의 얼굴이 보이는 것
같은데, 저것은 나무, 나무는 나무의 자세를 하고, 나무를
생각하는 나무를 생각하고

저기 돌 위에 검은 돌 있다 구멍이 뚫리고 몸이 가벼운
그 돌 위로 다시 돌 있다 거북의 형상을 한 초록의 빛을 한
이끼로만 가득한 머리를 조금씩 내놓는

한 사람이 한 사람을 보고 예측했다 그래 다 우스운 거
라고 말을 하는 사람이 계속 말을 한다 그래 다 우스운 거
라고 말이 계속 반복되고 끝없는 말이 끝없는 말의 꼬리
를 물고 말의 꼬리는 이런 것입니다 영원히 물고 물고 물
고 늘어지는

사람들 사이에 별이 있다 꽃이 있다 나무가 있다 나무
에 꽃이 있다 꽃나무구나 벌판 위에 있구나 사람이 있구나
사람만 있구나 그래 사람의 어디에 마음이 있는지 네가 알
면 좋을 텐데, 이제는 알 수 있는 것이 없어서 꽃나무 위에

수조 속에 달이 뜬다 산호가 모두 유생을 내뿜는다 수정이구나 말이 수정되고 통사가 무너지면

수조 속에 별이 뜰 것 별을 보고 운명을 예측할 수 있을 것 새들이 운명적으로 흔들리고, 폴립이 수조 속에서 끝없이 흔들리고 사람이 말해도 어디에도 소용이 없고

나무는 나무다 나무 수조 속에 심긴 나무 위에 앉은 새

들판에 운명이 있다 나를 보고 예측할 수 있는 것 사라지는 것들이 꿈을 꾼다 그것의 이름을 자꾸 발화라고만 한다 그것은 단지 영원히 늘어지고

밤길

고장 난 장난감 같은 것, 장난으로 착란하는 정신 같은 것, 착란으로 오타 치는 장난 같은 것, 오타로 만든 수정 같은 것, 수정으로 만든 고장 난 장난감 같은 것, 플라스틱 같은 것, 플라스틱 정신, 플라스틱 착란, 플라스틱 장난 같은 것, 장난으로 만든 고장 같은 것, 장난으로 작동하고 장난으로 움직이는 기계 같은 것, 그런 총체적 장난 같은 것, 플라스틱 같은 것, 플라스틱 화분 같은 것, 플라스틱 화분에 심은 레고 인형 같은 것, 작동하지 않고 착란하지 않는 기계 같은 것, 기계 같은 내 몸, 기계 같은 내 맘, 오타 같은 내 맘, 오타로 만든 내 맘, 오타에서 시작된 내 마음에서 태어난 착란 같은 것, 내 엇박자 이야기 같은 것, 엇박자 문장 같은 것, 엇박자 장난감 같은 것, 장난으로 만든 고장 난 장난감, 장난으로 시작한 고장 난 기계, 장난으로 심은 분열된 마음 같은 것, 마음같이 착란하고 장난같이 흔드는 몸 같은 것, 몸 같은 것이 흔들리는 어떤 인형, 플라스틱 화분에 심은 어떤 인형, 아무리 물을 줘도 분열하지 않는 플라스틱 인형 같은, 마음 같은 것.

이 글을 끝까지 읽고 난 뒤에

시를 쓰기로 하자. 장소를 정하자.
왕십리 답십리 어떨까, 사람이 나오고, 사람이 움직이고

네 사람이 있어. 검은 옷을 입고 머리가 화려하고
그건 사람 A, 또 사람이 있어 검은 옷을 입고 머리가 없고
마네킹 아니고 근데 마네킹처럼 슬퍼. 그건
사람 B, 말고도 사람 C, 또 사람 D.

네 사람 왕십리에 서고, 아마도 광장, 아마도 지름길, 아
마도 굴다리

광장에 선 사람 A, 치마를 입었어. 걸어. 모르는 방향.
모르는 얼굴
사람 B는 역사로 들어가. 옷 가게에 서. 마네킹 아니고.
근데 마네킹처럼 슬퍼
말고도 사람 C. 웃어. 웃으며 돌아. 빙빙. 돌아갔다 돌아
왔다. 이제 사람 D 남았어.

그래도 시를 쓰기로 하면 시를 써야 하니까

사실은 사람 넷 모두 왕십리, 광장, 옷 가게, 다들 옷 가게, 다들 검은 옷

　　사람 A는 굴다리로 가고 싶어 해. 굴다리에 가지 못해. 옷 가게에 있어야 해서
　　사람 C는 옷 가게에 가고 싶어 해. 사람 C는 무슨 옷을 입은지 몰라. 무슨 옷을 입혀야 할 텐데
　　사람 B를 보면서 옷을 생각해. 슬픈 옷. 옷이 슬펐으면 좋겠다. B는

　　마네킹이었으면 좋겠다. 광장에 굴다리에 옷 가게에
　　마네킹으로 서 있으면 좋겠다. 그러면서 웃어. 모자를 써. 모자는 우스워.
　　사람 D는 나오지 않아. 굴다리가 없어서. 옷 가게에 없어서. 광장에는 시계가 서 있어.
　　사람 D는 달아나는지도 몰라. 광장 위에 꽃나무가 서 있어. 사람 뒤에 꽃나무가 서 있어.

　　사실 A는 나야. 슬퍼. 치마를 입었어. 걸어. 어디로 걷는지는 모르고. 거울을 본 적 없어. 내 얼굴을 몰라. 머리

가 화려하대. 몰라. 나는 다 몰라.

B는 나야, 왕십리의 나. 치마를 입지는 않았어. 마네킹이 아닌데 옷 가게에 서 있어. 한 사람이 그러는 것처럼. 마네킹 바라보고 있어. 사실 안 슬퍼. 마네킹 아닌걸.

머리가 없어. 없어도 되잖아. 토르소야. 플라스틱으로 만들었어. 잘 썩지 않아. 열에 약해. 웃지 마. 이제 진지해. 여기는 왕십리야. 시를 써야 해. 나는 다 몰라.

C도 몰라. D도 몰라. 지금은 봄이래. 봄도 몰라. 웃지 마. 머리가 없어도 나는

C는 너라고 해 보자. 그래도 돼. 사실 너 몰라. 너를 만난 적 없어. 그러면서 너를 사랑한다고 해. 그래도 돼. 사실 사랑 몰라. 왕십리 몰라. 마네킹 몰라. 토르소 몰라. C도 D도 몰라. 아는 것 없어.

존재의 깊은 거짓말을 하자. 사실 이게 무슨 말인지도 몰라. 뭐 어때? 머리가 화려하고, 치마를 입었어.

이제 D 이야기를 해야 해. D는 말하기 어려워. D에 대해 아무것도 몰라. 그래도 이야기를 해야 해. 존재의 깊은 거짓말. 사실 사랑 몰라도. 나는 진지해. 잘 썩지 않아. 울면서 달리기. 광장에서 어디로 갈 수 있을지.

D는 울면서 나왔어. D는 정말 너야. 대화를 하다가 상처를 받았어. 울면서 나와서 택시를 탔어. 집으로 갔어. 집에서 또 울면서 나왔어. 머리가 화려하지 않아. 치마를 입지 않아. 플라스틱이 아니야. 왕십리에 온 적 없어. 굴다리는 좋아해. 굴다리에 앉아 엉엉 울고 있어. 존재의 깊은 거짓말이야. 모르지만 사랑한다 해 볼래. D야 너는 네가 누군지 잘 모르겠지만. D야 너는 내가 좋아하는 사람이라서. D야 너는 위로를 받았으면. 플라스틱 굴다리 아래 선레고 인형에 대고 말해. 그런 레고 있을 거야. 광장이 있고 꽃나무가 있고 굴다리가 있는. 굴다리 아래 주저앉아 고개를 숙인 플라스틱 네가 있는.

시를 쓰기로 마음을 먹었는데 시를 쓰지 못했어. 모두에 대해 이야기하고 싶었는데.

그래도 돼. 마네킹 좀 바라보고 있었어. 사실 여기 옷 가게야. 봄이래. 봄인데.

사실 사랑 몰라. 마네킹만 바라보고 서 있어. 시 그런 거, 안 쓰면 좋겠다고 말했어.

노점

—

　바람 불고 어둡고 선선하고 시원하고 상쾌하고 약간 덥
고 약간 여유롭고 약간 기쁜 듯도 슬픈 듯도 하고 약간 사
랑하고 약간 행복하고 약간 바람 불고 어둡고 선선하고 약
간 마음이 아프고 약간 마음이 편하고 약간 슬픈 것도 같
고 그래서 약간 행복하고 약간 사랑하고 누구를 사랑하고
누구를 위해 종을 울리고 누구를 위해 마음 아픈 짐승이
되고 누구를 위해 마음 없는 짐승이 되기도 하고 마음 없
이 살고 미움 없이 살고 바람 불고 약간 선선하고 시원한
술을 마시고 시원한 마음으로 시원한 행복으로 행복이 없
는 십여 초 같은 마음으로 나만 있고, 나만 행복하고, 나
만 바람 불고 어둡고 선선하고 약간 슬프고 기쁠 수도 있
다는 마음으로 마음 같은 몸으로 몸 같은 사랑으로 사랑
같은 기쁨으로 기쁨이 없는 십여 초로 초침이 없는 시계
로 시계가 없는 영화 속 장면으로 아름다울 필요 없이 아
름다운 마음 없이

—

천문

유리로 된 달빛 같은 밤, 달빛으로 된 거울 같은 밤, 거울 속에 비친 어두운 밤, 밤의 너머에 비치는 어떤 밤. 어떤 유리로 된 밤, 어떤 유리로 만든 밤, 어떤 유리를 만든 밤, 어떤 유리로 남은 어떤 밤. 어두운 밤. 유리로 된 달빛 같은 밤, 달빛으로 된 거울 같은 밤, 밤으로 된 겨울 같은 밤. 겨울로 된 밤. 겨울에 비친 밤. 겨울 속에 남은 어떤 밤. 어두운 밤. 유리된 달빛 같은 밤. 해가 없는 밤. 해가 없이 빛나는 밤. 밤마다 사라지는 밤. 밤의 멀리로 사라지는 그 어떤 밤. 그 어떤 밤의 조각 같은 어떤 유리 같은 어떤 달빛 같은 어떤 조각만 남은 밤. 모든 밤. 모든 밤이 서술되는 밤. 모든 밤이 서술되는 유리로 된 거울에 비치는 밤.

곳

―

　바다가 있다. 바다 멀리 하늘이 보이고, 하늘 멀리 포구
가 보이고, 포구에서 노는 아이들이 보인다. 아이들은 포
구에서 하나둘씩 글자를 주워 가고, 하나둘씩 글자를 모
아 산으로 올라간다. 산에는 아직 완성되지 않은 문장이
있고, 아이들은 문장을 완성하려 하지만 모두들 울며 떠
난다. 모두들 울며 떠난 자리엔 아직 완성되지 않은 문장
이 있고, 아직 완성되지 않은 아이들이 있고, 아직 완성되
지 않은 포구가 있고, 포구 멀리 하늘이 보이고, 하늘 멀리
바닷속에 가라앉은 아이들이 있다.

―

제4부 먼바다의 섬에는 마음 없는 짐승이 산다

재와 빨강

    나무는 돌이 되고 동물은 물이 된다. 나무는 돌이 되고, 동물은 물이 되어 가라앉는다. 나무는 깊이 가라앉고, 동물은 그 위를 감싼다. 나무는 돌이고 동물은 물이다. 나무는 불타고 동물은 불탄다. 타고 남은 나무는 재가 된다. 함부로 차지 말라는 재. 다시 기름이 된다는 재. 하지만 재는 아무것도 되지 않고 재로 남는다. 타고 남은 동물은 재도 남지 않는다. 함부로 찰 수도 없고, 다시 기름이 되지도 않는다. 나무는 돌이 되고 동물은 물이 된다. 우리는 뼈가 되고, 우리는 타지 않고, 우리는 남지 않는다.

통사

문법이 침입하지 못한다

견고한 자세로 잠을 자는 누군가가 있고
흔적만 남은 견고한 자세를 취하는 누군가가 있고

어떤 문법으로도 결합하지 못하는 누군가의 취한 자세
가 있고

취한 자세로 문법 속으로 걸어 들어가는 모습이 있고
문법으로 남은 사내의 표정이 있고, 자세가 있고

어떤 자세로도 설명할 수 없는 그의 문법이 있고

그의 문법으로 그의 표정으로
그의 생각으로 그의 자세로
그의 마음으로 그의 술 취한 마음으로

들어가는 문법이 있고, 어떤 결합이 있고

결합 속에 남은 표정을 지어 본다 표정엔 어떤 마음도

없다 마음 없이 어떤 표정 지어 본다 마음 없이 태어나 마음 없이 죽는 사람의 태도를 본다

태도 속에 어떤 문법이 들어 있다 문법처럼 짓는 어떤 태도가 있다 문법 없이 짓는 어떤 표정이 있다 표정엔 아무 규칙 없다 아무 슬픔 없다 아무 방점 없다 아무 결합 없다

결함으로만 남은 문법이 있다 문법이 침입하지 못한다 문법이 침입하지 못한 자 어떤 견고한 자 견고해서 조금도 흔적이 남지 않는 자 어떤 문법으로도 결합할 수 없는 자 어떤 표정으로도 설명할 수 없는 자 그곳에 남은 이상한 결합들

표정이 남긴 슬픔 있다 문법이다 결합의 규칙이다 규칙의 흔적이다 흔적이 사라지지 않는다 사라지지 않고 남아 있는 표정 하나가 보인다

예초

나무에 맨홀이 있다 뚜껑을 열면 불이 켜지는데

한 나무 위에 한 나무가 서 있다 벌판 위에 꽃나무가 하나 꽃나무가 둘

한 꽃나무를 흉내 내는 한 나무 위에 벌판이 서 있다 거꾸로 서서 검은 눈을 하고

한 눈을 하고 한 다리를 가진 뿌리 없이 자란 새 아래 맨홀이 있다
나는 뚜껑을 열며 불을 끄고 불을 켜면 구멍엔 뚜껑이 자라고

상실감으로 새를 덮는다 나무 위에 벌판 위에 작은 내가 있구나

새는 어떤 이름으로도 새롭다 나무에 새가 있다 새는 항상 작은 나무이고

벌판은 없다 시계가 있고 새의 뚜껑을 열면 날개가 펴

지는데

    초침 소리가 들리고 조금씩 암전한다
    박제가 있는 것 같구나 마음을 접는 것 같아서

    미움이 이럴 수도 있구나 역시나 벌판은 없다 구멍이
왜 이리 깊은지

    나무에 맨홀이 있다 이상하다 꽃나무에 맨홀이 있다
    뚜껑을 아무리 닫아도 맨홀이 있다 불이 켜지고 아무도
눈을 뜨지 않는다

물의 표면

나는 대부분이 물이다

나의 대부분에서 물이 흐른다 흐르는 물을 보며 나를
생각한다

나의 안에서 흐르는 물들은 어떤 물들일까, 오늘도 귀
에서 물이 조금씩 흘러나오고

어느 날은 코에서 물이 터져 나온 적도 있었다 그 물
속에서 무엇이 살고 있었을까 나는 내 안의 물들을 키운
다 물들이 자라서 조금씩 흐르다 파랗게 물든다 나는 파
란 사람이다

가끔 내 안의 물을 보며 나에 대해 생각한다 나는 어떤
물에서 살던 생물일까 나는 어떤 물속으로 들어가는 생물
일까 하지만 나는 물에 잠겨 조금씩 물을 닮아 가고

갑자기 몸에서 물들이 터져 나온다 온몸의 물이 사라
지고 난 뒤 남은 나는 어떤 나일까 나는 나에 대해 의문하
고 질문하고 의심하기 시작한다 나에게서 어떤 물들이 조

금씩 깊어 간다 조금씩 깊어 가는 물속에서 사는 어떤 생물들을 생각하며

  나는 나에게 어떤 물의 이름을 붙인다 조금씩 짙어져가는, 조금씩 깊어져 가는, 나는 어떤 물의 이름을 붙이고 조금씩 침전하기 시작한다 나에게서 침전한 어떤 가루들을 본다 그 하얀 가루들 어떤 부서진 가루들 어떤 불의 흔적이 남은 설명할 수 없을 정도로 희미한

  물이 흐른다 더 멀리 더 깊이 흐르는 것을 바라보며 흐르는 것을 그리워한다 그리고 나면 나는 아무것도 아니라고 생각한다 아무것도 아닌 것들을 생각한다

후예사일

누군가 가지를 다 잘랐다 나무는 가지가 필요 없나 보다

문이 열리면서 손님이 들어왔다 하나 둘 셋까지 세고 더 세지 않았다 가지 없는 나무가 하나 둘 셋

한 문장으로 말하기로 했다 문장이 자꾸 늘어졌다 나는 사랑할 줄 모르는 밤이었다 밤이 되면 모두 하나둘씩 나무의 그림자로 돌아왔다 새들이 나무 위에서 울기로 했다

손님이 하나둘씩 사라졌다 식물이 하나둘씩 늘어났다 가지식물을 따라 들어오는 그림자가 보였다 나는 식물을 따라 하는 그림자가 되었다

새들은 내려앉고 나는 새들에게 말했다 사랑한다고 사랑한다고 그래도 또 사랑한다고

가지 없는 나무가 숨을 쉰다 한 문장이 한 문장이 된다 문장에서 자라는 식물을 본다 새들을 먹고 자라는 식물 그래 나는 새가 될 거야 너의 배 속에서 조금 더 녹아내릴 거야

새들이 나무 위에 내려앉는다 손님이 나무 위에 올라간다 손 없는 날이 계속된다

여보, 우리 그만 잠들기로 해요 나무에 잘린 손목이 매달리고

새가 난다 우리가 그랬듯 가지 없이 나는 새가 자꾸만 더 멀리 떠난다

질병

푸른 꽃이 떨어지고 우리는 비탄에 잠겼다

꽃이 떨어지며 떨어진 모든 것들이 우리의 비참을 깨우고, 우리의 비참 속에서 우리는 어디로 갈지 알 수 없었다

밤공기를 나눠 마시며 걸어도 조금도 비참해지지 않았다, 푸른 꽃이 떨어졌는데, 모든 것이 떨어졌는데, 모든 것이 떨어지고 난 뒤에도 조금도 비참하지 않은 이상한 우리는

우리의 비참 속에서 걷고 있었다 비참에서 나오는 푸른 꽃을 알고 있었다 우리의 우주에서 푸른 꽃이 떨어지고 또 떨어졌다 더 이상 걸어갈 곳이 없어 더는 걸어갈 수 없음을 깨달을 때쯤 우리는 우주 속에서 슬픔을 경험하고

모든 것이 우리 속에 잠겨 간다 모든 것이 떨어진 후에도 우리는 모든 것이 잠기도록 끝없는 물을 내린다 우리는 물로 만든 짐승이다 물이 다 빠지고 나면 우리는 푸른 꽃이 될 것이다 푸른 꽃이 되어 멀리 떠날 것이다

멀리 우주 너머에 너무 아픈 꽃이 있다 꽃나무가 있다 푸른 꽃이 피고 푸른 희망이 피고 푸른 비참과 절망의 씨앗이 자라고

모두 푸르러서 더는 말할 수 없는 꽃잎을 휘날린다 더 많은 위성으로, 성운으로, 빛으로, 마음으로 그리고 마른 수면으로

아프다고 해도 아프지 않은 날들이 계속되고, 우리는 우리의 멸종을 부르는 날을 반복하기 시작한다

축제

불꽃놀이를 하러 들판에 왔다. 불꽃놀이를 하니 포연
이 일었다. 별을 보러 나왔는데 별이 보이지 않았다. 전
쟁놀이를 하고 있었나 보다. 화약 냄새가 나고 화약 연기
가 나고 포성이 일고 포연이 자욱하고 별은 사라지고 하
늘은 끝났나 보다. 하늘엔 불꽃이 일고 땅에는 마음 없이
흔들리는 풀숲이 있고 꽃 흉내를 내는, 흔들리며 피기만
하는 불들이 있었다. 꽃놀이를 갔는데 꽃은 지고 없었다.
코스모스 흔들리고 마음이 흔들렸다. 없는 마음이 흔들려
서 전쟁놀이가 시작됐다. 여기저기 총을 쏘고 총성이 일
었다. 총성이 일고 포성이 일고 포연이 일고 하늘이 일렁
이는 그런 전쟁놀이를 했다. 분명 별을 보러 나왔는데 별
은 보이지 않았다. 전쟁놀이가 끝나면 하늘은 끝이 나나
보다. 불꽃놀이가 끝나면 마음도 끝이 나나 보다. 놀이가
끝나면 세상도 끝나고 그럼 세상 없이 코스모스만 흔들리
고 흔들리나 보다.

시신의 낮

동태 두 마리를 사 와 한 마리를 씻는다 가위로 지느러미를 자르고 손으로 복막을 뜯으며

입속에 가득 찬 새우였던 것들을 긁고, 아가미를 자르며 퀭한 눈 한번 마주하면

어젯밤 나는 죽은 사람이었는데 오늘 이렇게 죽은 것들을 만진다

꿈에서 아직도 비린내가 나는 것 같다 비리지 않으려고 몸을 식초 물에 담그고

물속에서 끓는 무를 본다 무는 어찌해서 정갈한가 어떤 삶을 살면 몸에서 맵고 단 물이 나올까

매일 살아 있는 것을 죽이고 죽은 것들을 만지면 문장도 조금씩 죽어 가는구나, 문장에서 삭아 짓무른 파의 냄새가 난다 나는 파 한 단을 썰어서 냉동실에 넣어 두고

시에 생활을 담는 것은 시를 오염하는 일, 삶을 시에 담는 것은 삶을 오염하는 일, 나는 몇 날을 이러며 지냈다 꿈속에서 매일 토막 나면 몸에서 맵고 단 피가 흐른다 파랗게 물든 피 며칠 전 손질한 게에 파란 피가 고여 있었고

나는 문장을 토막 내 비유를 지운다 문장이 조금씩 삭아 짓무른 냄새가 난다 나는 썩은 말을 그만 냉동실에 넣어 두고

냄비에서 붉은 물이 끓는다 냄새가 조금도 비리지 않다 토막 난 몸을 한 점 먹으면 나는 한 점 야위게 되고
아가미를 자르고 복막을 뜯는다 잘리고 뜯긴 문장을 국자로 뜬다 붉게 물든 무 한 점 그릇에 떨어진다

냉동실 속 비틀려 언 문장 하나가 환하게 빛난다
화자는 빛을 보며 말없이 울어야만 한다

우산

비가 내리고 어떤 나무를 본다. 어떤 나무 아래엔 어떤 심연이 있다. 어떤 심연 속으로 들어가면 어떤 슬픔이 있다. 나는 슬픔을 모르고 슬픔 속으로 들어가지 않는다. 슬픔 속에는 무엇이 있는지 궁금하지 않는다. 슬픔은 깊이 가라앉고, 나는 슬픔에 대해 언급하지 않는다. 비가 계속 내리고, 비가 계속 슬픔을 적시고, 슬픔 속에 빗물이 고여도 나는 슬픔에 대해 궁금하지 않는다. 나는 슬픔을 모르고, 모르고 싶고, 모르고 싶은 채로 계속해서 슬픔을 바라보기만 한다. 심연과도 한 뿌리라는 그 슬픔을 바라보기만 하고, 슬픔은 심연처럼 깊어지고, 그러다가 심연이 된다. 나는 심연에 대해 아는 것이 있다. 나는 심연에 대해 많은 것을 안다. 나는 심연을 알지만 아무 말 않는다. 비가 내리고, 어떤 나무 아래 서서 끊임없이 어떤 말을 중얼대는 나를 본다.

푸가

—

우리는 어떤 숲에 있었다

한 달 내내 비가 내리는 숲 나무가 하늘에 다다르려는
숲 나는 나무를 바라봤고 나무는 어디까지 가지를 뻗쳤는
지 보이지 않았다 가지와 가지가 서로를 가리는 숲에서 뿌
리는 어디에까지 뻗어 있을까 나는 뿌리를 바라봤다 어쩌
면 이 숲의 나무들은 서로가 서로에게 뿌리를 뻗었는지도
모른다고 생각했다 나무는 나무의 수액을 빤다 서로 서로
의 피를 먹고 자라 이렇게 큰 나무들이 된다

너는 어떤 숲의 나무였다 지금은 나무가 아니다 지금은
벌레다 나비다 어떤 씨앗이다 나무의 씨앗이 나비가 되
어 날아간다 지금은 너의 이름이 없다 너는 조금씩 나에
게 다가와서 무슨 말이라도 한다 나는 너에게 무슨 말을
하려 하지 않는다

나는 숲의 조금 더 깊은 곳으로 들어간다 너도 따라간다
너는 여전히 나비이고 씨앗이다 나비는 사실 조류의 씨앗
이다 너는 사실 조금씩 새가 되어 간다 조금씩 날기 시작
한다 날면서 나에게 다가와 무슨 말이라도 한다 나는 너

의 말을 믿지 않고 조금씩 숲의 깊은 곳으로 들어간다 숲의 깊은 곳에는 더 많은 나무가 있고 더 많은 어둠이 있다 나는 깊어 가는 어둠을 바라보며 너에게 무슨 말이라도 한다 너는 조금씩 조류가 되어 간다 이제는 날개가 자란다 이제는 벌레를 먹고 조금씩 커져 간다 나는 네가 드리우는 그림자에게 아무런 말도 할 수가 없다

숲에 비가 그치고 너는 날아간다 어두운 곳에서 더 어두운 곳으로 날아가 그림자를 드리운다 나는 너의 그림자다 너의 그림자 안쪽에만 생기는 이상한 상이다 너의 그림자를 벗어날 수 없어서 너를 따라간다 너는 조금씩 멀리 날아간다 조금씩 높이 날아간다 너의 그림자는 옅어지고 너의 그림자는 넓어진다 나는 더 넓은 곳을 돌아다닐 수 있다 나는 조금씩 희미해진 채로

우리에게 어떤 숲이 있다 나무가 자라는 숲 조금씩 어두워 가는 숲 아직도 젖어 마르지 않는 숲속에 우리가 있다 너는 조금 더 높이 날아가고 나는 조금 더 희미하게 움직인다 너는 조금씩 커져 가고 숲은 조금도 작아지지 않는다 나는 숲을 떠나려 하고 너는 지금 어느 바다로 날아

간다 바다에서 발아하는 어떤 나무의 씨앗이 되려 한다 나는 너의 그림자에서 너에게 기생하는 어떤 벌레가 된다 조금씩 너의 안쪽으로 파고드는 어떤 하얀 벌레가 된다 우리는 함께 있어도 조금씩 희미해질 것이다 너와 나는 더 이상 우리로 자라지 못할 것이다

한 달 내내 비가 내리는 어떤 숲이 있다 바다 위로 자란 어떤 나무가 있다 나무라는 마음이 뿌리를 내리며 조금씩 커져 간다

에덴

사람이 있다 사람이 자라는 곳이 있다 사람은 조금씩 자라서 거인이 된다 거인은 더 자라고 거인은 거목이 된다 거목에는 사람이 매어 달리고

거목에서 사람이 자란다 사람이 자라고 떨어진다 사람은 떨어져서 땅에 심긴다 사람이 자라고 사람은 다시 거인이 되고 거목이 된다 사람에서 사람이 자라는 광경을 본다 너무 많은 사람이 자라는 광경을 본다 나는 사람에게 어떤 말도 하지 못하고

사람이 자라는 숲을 본다 숲에서 자라는 사람을 본다 바다 위에 얹힌 숲을 본다 밀물이 들어오고 썰물이 나가는 커다란 숲 아래로 물고기들이 헤엄친다 물고기들은 헤엄치다 새가 되어 날아가고

바다 위에 숲이 있다 새가 날고 고기가 헤엄치는 숲이 있다 숲에서 자라는 사람이 있고 사람이 자라서 숲을 돌본다 나는 숲에서 자라는 새와 고기들을 본다 사람을 먹고 사람이 되는 조류와 어류들

숲은 커져 간다 사람이 매달린 숲이 자라난다 사람이 자라는 숲이 넓어진다 이제 바다 위엔 사람밖에 없다 사람이 된 숲밖에 없다 사람이 된 숲에 사람이 키우는 조류와 어류가 있다 사람을 먹여 키우는 조류와 어류가 자라난다 나는 조류와 어류에게 이름을 붙이기 시작한다 각자 이름이 붙고 서로 다른 생물이 되기 시작한다

나는 사람이 자라는 숲을 본다 사람을 키우는 숲 사람이 키우는 숲을 보며 사람을 생각한다 사람에게는 아무런 이름도 붙이지 않는다 사람에게 아무런 의미도 붙이지 않는다 그저 조류와 어류가 불어난다 이젠 멀리 지상을 덮기 시작한다

통사

수명이 다한 낡은 집을 본다. 집은 언제까지고 어디까지고 살아 있을 줄만 알았다. 이제 집은 죽고, 집의 형체만 남고, 집의 형체만 남은 이것을 뭐라고 불러야 될지 모른다. 나는 이를 집의 잔해라고 부르련다. 집의 잔해를 보며 나의 잔해를 상상하련다. 나의 잔해 또한 이것처럼 단단할 것이고, 또한 이것처럼 초라할 것이고, 또한 이것처럼 아무런 입도 열지 않을 것이다. 나는 수명이 다한 낡은 너를 본다. 수명이 다해 언제까지고 어디까지고 걸어가는 너를 본다. 나는 네게 잔해라 부르지 못한다. 너의 등에 어떤 문법이 붙어도 너를 잔해라 부르지 못한다. 나는 집의 잔해를 향해 다가가고, 나는 나의 잔해를 향해 다가가고, 나는 너의 잔해를 상상하고, 그리고 아무런 말도 하지 못한다. 너의 잔해는 너무 단단하다고 생각하며, 너에게 아무런 말도 하지 못한다.

몸

그는 그의 근거이다. 그는 그의 움직일 수 없는 근거이다. 그는 그의 움직이는 마음이다. 그는 그의 마음 같은 몸이다. 그의 마음은 그의 몸이다. 그의 몸은 그의 생각이다. 그의 생각은 그의 근거이다. 그의 근거는 그를 향해 움직이는 끝없는 의미이다. 그는 끝없이 떠도는 의미다. 그는 끝없이 떠도는 의미의 조각이다. 그는 끝없이 떠돌다 돌아가는 의미의 반복이다. 그의 의미는 반복이다. 그의 의미는 그의 걸음이다. 그의 걸음은 끝없는 흔들림이다. 흔들리지 않고 피는 꽃이 있고 바람을 탓하는 꽃이 있다. 그는 바람을 탓하며 끝없이 흔들린다. 그는 꽃을 탓하며 끝없이 흔들린다. 그는 그를 탓하며 끝없이 흔들린다. 그는 흔들리며 조금씩 그의 근거가 된다. 흔들리며 조금씩 그의 흔적이 된다. 흔들리며 조금씩 그의 비참이 된다. 그는 끝없는 비참이다. 그는 끝없는 비참에서 나온 어떤 이상한 마음 같은 것이다.

제5부 말도 끝에 이르면

말도 끝에 이르면

　매일 누웠다 일어나면 명사도 하나씩 지워지고 동사도 하나씩 지워지고 나중에는 어린애가 되어 옹알거리겠지 동사도 명사도 없이 말하겠지 수식할 만한 말도 없겠지 수식 없는 아름다움처럼 내용 없는 아름다움처럼 조사와 어미만 말하겠지 그러다 어미도 조사도 잃고 천 개의 말이 날아가고 만 개의 말이 삭아 들면 무슨 옹알이를 할까 나이를 먹어도 사람은 어린애라는데 매일 누웠다 일어나고 매일 누웠다 일어나고 그렇게 옹알이도 남지 않은 때엔 더 눕고 일어날 수 없을 텐데 나는 그날이 오면 물도 다 빠지고 말라빠진 장작으로 불붙고, 불붙어 불타는 것 말곤 할 줄 아는 것도 없고,

편지

풍경이 있다. 가지가 있다. 가지가 있는 풍경. 나무가 있
는 풍경이다. 잎은 없다. 잎 대신 새가 달렸다. 새가 소리
낸다. 소리가 있는 풍경이다. 풍경 곁으로 해가 뜬다. 가
지 옆으로 지나간다. 구름 옆으로 지나간다. 아무것도 보
이지 않고, 아무도 소리치지 않는다.

1.

문장을 생각하지 않는다. 문장이 있는 방이 있다고 생
각하지 않는다. 문장이 있는 방이 있고 그 안에 작은 화
병이 놓여 있다고 생각하지 않는다. 생각하지 않는 나를
생각하지 않는다. 생각하지 않는 나는 생각하지 않는 화
병에 꽃을 꽂을 생각하지 않는다. 방을 나올 생각하지 않
고, 방을 나온 뒤에 거리를 걸을 생각하지 않는다. 거리
에는 아무것도 없다고 생각하지 않는다. 바람 소리도 없
고, 나뭇가지도 없다고 생각하지 않는다. 황량하다고 생
각하지 않는다. 뭔가 답답하다고 생각하지 않는다. 답답
하다고 생각하지 않는 나를 생각하며 답답한 가슴을 어떻
게 풀지 생각하지 않는다. 생각하지 않는 것을 생각하지

않는다. 하늘에 아무것도 뜨지 않는다. 밤공기가 조금씩 새어 들어온다.

*

눕는다. 누워서 수조를 보면 물결이 보인다. 물결을 보며 생각한다. 아직 쓰지 않은 것들을 생각한다. 아직 보지 못한 것들을 생각한다. 바위에 부딪히는 파도를 생각한다. 바위에 부딪히는 파도 옆으로 고인 물웅덩이를 생각한다. 고인 물웅덩이 속에 사는 작은 이름들을 생각한다. 이름을 생각하면 생각나는 것이 있다. 물결이다. 물결을 보면 생각나는 이름들이 있고, 이름을 보면 생각나는 물결들이 있다. 물결이 지나간다. 나를 지나간다. 나를 지나가고. 물결이다.

너는 나를 염치가 없다고 했다. 너는 나를 보고 염치가 없고, 남을 생각하지 않는다고 했다. 너는 나를 보고 몰염치하다고 했다. 나는 아니라고, 나는 파렴치하다고, 나는 파렴치하고도 모자라서 사람이 아니라고 대답했다. 너는 대답을 망설였다. 나는 대답을 망설이는 너를 보고 말했다. 너야말로 몰염치하다고. 파렴치한 나를 살려 두는 것으로 모자라 파렴치한 나를 좋아하고 파렴치한 나를 죽지 못하게 잡아 두고 그러고도 나에게 파렴치한 짓을 하지 못하게 한다고 했다. 너는 파렴치한 놈보다 못한 놈이고 몰염치한 인간이고 염치가 없고, 그러고도 나를 파렴치하다고 말하지 않는 인간이라고 했다. 너는 대답을 하지 못했다. 나는 몰염치한 인간이라고. 나는 파렴치한 인간이라고. 나는 파렴치한 놈이 더 좋다. 나는 파렴치한 놈이었으면 좋겠다. 너는 나를 몰염치한 인간이라고 했다. 나는 몰염치하고 싶지도 않고, 나는 살아 있는 주전자다.

쓰지만 않으면 된다고 말하며 글을 쓴다. 읽지만 않으면 된다고 말하며 글을 읽는다. 말하지만 않으면 된다고 말하며 말한다. 나는 한 번도 거짓을 어겨 본 적이 없고 한 번도 거짓을 말해 본 적이 없다. 슬퍼하지 말아요, 라고 말할 때 나는 눈이 된다. 외롭다고 느낄 때, 라고 말할 때 나는 풀이 된다. 우린 처음부터 그렇게, 라고 말할 때 나는 단어가 되고. 혼자였던 거라고 말할 때 나는 처음부터 그렇게 활자가 된다. 그러고도 쓰지만 않으면 된다고 말하며 글을 쓴다. 그러고도 나는 달리지만 않으면 돼, 라고 말하며 달린다. 처음부터 끝까지.

2.

가시와 시체는 어울린다. 시체와 면류관은 어울린다.
철문과 휴지통은 어울리지 않고, 수조와 도깨비도 어울
리지 않는다. 수조와 철문은 어울리지만 좀 다르고, 휴지
통과 도깨비는 다른 것 같지만 비슷하다. 비슷한 것은 가
짜라지만 가짜와 진짜는 어울리고, 미치지 않으면 미치지
못한다지만 미치지 않고서야 미칠 수는 없다. 새벽엔 새
벽마다 어울리는 단어가 있고, 아침엔 아침마다 어울리는
문장이 있다. 가시와 시체는 어울린다. 너와 나는 어울리
지 않는다.

*

너는 나와 어울리지 않는다. 너는 나를 잘 모르고, 나는
너를 잘 안다. 너는 너를 경멸한다. 나는 너를 경멸하는 너
를 경멸한다. 너는 너를 경멸하는 것을 모른다. 너는 너를
모른다. 너는 나를 모른다. 나는 너를 경멸하지 않는다. 나
는 너를 미워하지 않는다. 나는 너를 가볍게 여기지 않고,

나는 너를 가까이 가져온다. 너는 가까운 나를 모른다. 너는 가까운 웃음을 모른다. 너는 먼 하늘만 보고, 너는 먼 이야기만 듣는다. 나는 너의 이야기이고 싶고, 너는 나의 이야기이기를 바란다.

나는 너의 이야기이기를 바란다. 이야기이기를 바라는 나를 바라보는 것이 있다. 나를 바라보는 것은 조금은 둥글고 조금은 갸름한 것이다. 갸름한 단어다. 나를 바라보는 단어를 바라본다. 저 단어는 어째서 저렇게 갸름할까. 갸름한 단어를 생각해 보지만 저 단어는 찾을 수 없다. 그 단어는 갸름하기에 너의 이야기를 말할 수 없지만, 그 단어는 갸름하기에 나를 잘 알고 있다. 갸름한 단어를 정리한다. 조금은 둥근, 갸름한 단어를 정리한다. 너와 나를 바라보는 갸름한 단어를. 조금 더 갸름해진 단어를 불러 본다. 입 모양이 잘 움직이지 않는다. 어색한 발음이다.

너는 느티나무에 서 있다. 너는 미루나무에 서 있다. 너는 미루나무 꼭대기에 서 있다. 너는 손이 없다. 너는 손이 없이 위태롭게 서 있다. 아니 가볍게 서 있다. 나는 위태롭다. 미루나무만큼. 미루나무의 살이 바람에 흔들리는 만큼. 꼭 그만큼. 너는 손이 없이 나를 보았으면 좋겠다.
너는 보이지 않는다. 보이지 않는다.

3.

네가 없는 동안 식사를 했다. 네가 없는 동안 글을 두 편
썼다. 네가 없는 동안 청소는 하지 않았다. 네가 없는 동안
고양이를 안고 잤다. 네가 없는 동안 하늘은 파랗고, 네가
없는 동안 날씨는 추웠다. 네가 없는 동안 눈은 오지 않았
다. 네가 없는 동안 하늘이 녹슬었다. 네가 없는 동안 비
는 오지 않았다. 네가 없는 동안 오래된 계절이 지워졌다.
오래된 계절이 지워지는 동안 네가 왔다. 하늘이 파랗게
녹슬 때까지 기다렸다. 하늘이 파랗게 녹이 슬 때 네가 왔
다. 오랫동안 찌든 때가 머리에 붙었다. 네가 오는 동안 우
리는 우리의 할 일을 했고, 하늘은 아무것도 하지 않았다.

*

기린을 그려 본다. 내가 그린 기린은 목이 긴 기린이
다. 목이 긴 기린은 슬프지 않다. 내가 그린 기린은 맥주

를 마시기도 하고 내가 그린 기린을 만나기도 한다. 내가
그린 기린들이 있다. 내가 그린 기린들이 서로를 잡아 늘
인다. 다리가 늘어난 기린은 절뚝거리고 목이 늘어난 기
린은 허정댄다. 기린이 기린을 먹기 시작한다. 다시 기린
들은 기린이 된다. 내가 그린 기린과는 조금 닮았다. 기
린은 창문을 연다. 오래된 집에 있는 오래된 창문이다. 오
래된 창문 밖으로 보이는 오래된 풍경을 보며 기린은 다
시 그림이 된다.

풍경이 있다. 바다가 있고, 만이 있고, 깎여 나간 절벽이
있고. 절벽의 뒤로 빙하가 있고, 빙하를 깎아 내는 오래된
이름이 있고. 이름이 풍경을 만들고 풍경은 다시 이름을
감싸 안는다. 바다가 있다. 바다로 떨어지는 절벽이 있다.
절벽에서 빙하가 떨어지고, 떨어진 빙하가 풍경이 된다.
풍경이 바다를 본다. 조용히 바다를 본다. 바다를 바라보
다 눈을 감는다. 조금은 무서운 광경이 벌어진다.

*

바닷가 멀리 흩어진 조각들. 조각들을 주워 모으는 사
내. 조각들을 주워 모은 뒤 조각을 맞춰 보는 사내. 조각

을 아무리 맞춰도 완성되지 않는 형태. 사내는 울고, 사내는 조각을 산에 두고. 조각을 줍는 다른 사내. 사내는 조각을 주워 모은 뒤 다시 조각을 맞춰 보고. 조각을 맞춰도 완성되지 않는 형태. 사내는 조각을 산에 두고. 사내들은 모두 조각을 산에 두고. 사내들은 모두 허공을 향해 떠나고.

전구가 있다. 투명한 전구가 있다. 투명한 전구는 투명한 만큼 뜨겁다. 뜨거운 전구가 있다. 뜨거운 전구는 뜨거운 만큼 노랗다. 건들면 손을 델 수도 있다. 차가운 전구도 있다. 빛만 내는 전구. 전구는 얼마나 강한 빛을 내야 차가울까? 의문을 가지다가 차가운 전구를 만져 본다. 내 전구는 너무 차가워서 빛을 볼 수가 없다. 내 전구는 너무 차가워서 손을 델 수가 없고 손을 댈 수도 없다. 내 전구는 얼마나 더 저렇게 창백한 빛을 비춰야 할까? 내 전구의 빛을 보는 사람은 어느 나라 어느 골목의 사람일까? 알지 못해도 전구는 타오른다. 유리를 가리고 차갑게, 더 차갑게.

*

돌이 있다. 오래된 돌일 것이다. 나는 돌의 나이를 모르고, 돌은 나의 나이를 모른다. 나는 조심스레 돌의 나이를

묻는다. 돌은 언제나처럼 대답하지 않는다. 나는 돌의 나이는 모르지만 돌의 주름은 볼 수 있고, 돌의 주름에서 돌의 삶을 생각해 볼 수는 있다. 돌은 어느 순간 나타나 어느 순간 우리 집에 들어왔다. 돌은 나의 말을 알아듣지만 언제나 대답하진 않는다. 돌은 나를 사랑하지만 언제나 표현하지 않고, 돌은 나를 부정하지만 언제나 애쓰지는 않는다. 나는 돌을 사랑하고 돌의 주름을 세어 본다. 내가 모르는 사이 돌에는 주름이 늘었다. 나는 돌을 쓰다듬고, 돌과 함께 오래된 정원을 걸어 보려 한다. 오래된, 아주 오래된, 기억나지 않는 날에 그린 정원이 있는 그림 이야기다.

4.

넌 늘 이런 식이었어. 그래 난 늘 이런 식이었지. 난 늘 식사 준비를 한 후에야 밥을 먹고 싶지 않다고 했지. 그래 난 늘 식사 준비를 끝내기를 기다렸지. 넌 늘 산책을 하고 싶다고 했어. 그래 난 늘 산책을 하고 싶었지만 언제나 가을이 가로막곤 했지. 난 늘 오늘을 기다렸지. 네가 오지 않는 날을. 넌 늘 이런 식이었어. 그래 난 늘 이런 식이었지. 네가 오지 않는 날을 기다리기만 했지. 네가 오지 않게 하려 하지 않았지. 난 늘 너를 늘어트리고 기다리기만 했지. 나는 너를 모르지. 넌 늘 그런 식이었어. 그래 난 언제나 그런 식으로. 그런 식으로 너를 기다리곤 했지. 난 이런 식으로 아침을 차리고 밥을 먹고 싶다고 했지. 난 늘 식사 준비를 끝냈지. 난 늘 아침을 거르곤 했지. 난 늘 네가 오지 않기만을 기다리곤 했지. 네가 오지 않는 날이 오기를 기다리곤 했지. 그래 넌 늘 그런 식이었어. 잘 가. 안녕.

*

내가 잡은 것은 오래된 개구리. 내가 잡은 것은 오래된 갈겨니. 내가 잡은 것은 살이 찐 피라미. 내가 잡은 것은 병든 올챙이. 내가 잡은 것은 오래된 이야기. 내가 잡는 것은 오래된 이야기. 내가 잡은 이야기는 오래된 이야기. 내게 잡힌 이야기는 오래된 이야기. 이야기가 춤을 춘다. 오래된 이야기가 춤을 춘다. 오래된 이미지를 잡고. 오래된 색채감을 느끼며. 소실점이 없이. 원근감이 없이. 그저 오래된 담뱃재를 남기며. 그저 오래된 담뱃재를 털며.

두 명의 사람이 마주 보며 연기를 한다. 데칼코마니다.
그 그림은 기린 그림이다. 그림에서 목소리가 들린다.

그림자 그림을 그리세요.

일지

누가 글자를 땅에 떨어트렸나? 생각하며 땅바닥을 본다. 누가 글자를 땅에 떨어트렸고, 우리가 할 일은 이제 떨어진 글을 줍는 일뿐이다. 떨어진 글을 줍는 것은 쉽지 않다. 떨어진 글자들은 제멋대로 글이 되었고, 제멋대로 글이 된 글자들은 제멋대로 뜻을 만든다. 제멋대로일 뿐인 글자들을 보면 마음이 아파서, 누가 글자를 땅에 떨어트렸나? 만 다시 생각한다.

1.

카메라로 수조를 찍어 본다. 카메라에 수조가 담긴다. 수조 속에 고기가 숨어 있다. 카메라 어디에도 고기는 없다. 고기는 없는 수조만 카메라에 남았다. 텅 빈 수조를 본다. 텅 빈 수조에 무언가를 넣어 본다. 텅 빈 수조에 들어 있는 무언가를 바라본다. 텅 빈 수조에서 알 수 없는 목소리가 들려온다. 텅 빈 수조에서 들려오는 목소리가 이야기한다. 나는 텅 빈 수조를 바라보기를 그만두고, 수조 속에서 헤엄치는 고기를 바라보기 시작한다.

*

나무토막에 감정을 넣어 본다. 슬픈 나무토막. 성난 나무토막. 우울한 나무토막. 나무토막에 실린 감정들이 몸부림친다. 나무토막이 감정에 실려 몸부림친다. 나무토막에서 감정을 빼 본다. 나무토막은 다시 나무토막이다. 이번엔 나무토막에 감정을 다시 넣어 본다. 나무토막의 말에 감정을 넣어 본다. 슬픈 나무토막. 슬픈 나무토막. 아무것도 슬프지 않다. 나무토막에 담긴 슬픔이다.

*

내 몸을 전후좌우로 감싸는 기둥의 이미지들. 네 몸을 전후좌우로 감하는 기둥의 이미지들. 기둥의 이미지마다 새겨진 기둥의 표상들. 기둥의 표상들이 내 몸을 감싼다. 기둥은 없고 기둥의 표상만 남아 몸을 감싼다. 기둥은 하늘 밖으로 사라지고, 이미지도 사라지고, 모든 게 사라지고 나서도 내 몸을 전후좌우로 감싸는 기둥의 표상들. 표상은 멀리 하늘에서 반짝거리는데, 내 몸을 감하는 전후좌우의 이미지들.

*

누가 단어들을 버렸나? 생각하며 바닥을 훑어본다. 길마다 단어들이 떨어져 있고, 아무도 단어를 줍지 않는다. 누가 단어를 내던졌나? 생각하며 다시 단어들을 훑어본다. 익숙한 단어도 있고 익숙하지 않은 단어도 있다. 예쁜 단어도 있고 못난 단어도 있고 서글픈 단어도 있고 귀여운 단어도 있다. 난 단어들마다 머리를 쓰다듬으며 주머니에 넣는다. 주머니엔 예쁜 단어도 못난 단어도 서글픈 단어도 귀여운 단어도 다 들어 있다. 누가 단어들을 버렸나? 생각하며 주머니 속을 뒤져 본다. 주머니엔 이미 아무 단어도 없고, 가장 차분한 문장이 나를 바라본다.

*

나는 차가운 돌이다. 나는 차가운 돌에 붙은 먼지다. 나는 차가운 돌에 붙은 먼지를 바라보고, 나는 차가운 돌에 붙은 먼지를 떼어 낸다. 차가운 돌에 붙은 먼지는 차가운 먼지다. 차가운 먼지를 든 손은 차가운 손이다. 차가운 손을 바라보는 눈길도 차갑고, 차가운 눈으로 바라보는 마음도 차갑다. 나는 차가운 돌이다. 나는 차가운 돌에 붙어 차가운 날을 기다린다. 나는 차가운 돌이고, 차가운 돌을 위한 차가운 손이다.

내가 된 티끌을 본다. 네가 된 티끌을 본다. 우리가 된 티끌을 보고, 우리가 된 티끌을 모은다. 우리는 티끌을 모은다. 우리는 언젠가 티끌이 되었고, 우리는 언젠가 티끌을 모은다. 티끌이 모인다. 티끌이 끌려오며 모인다. 티끌이 티, 티 끌려온다. 티끌이다. 티끌이 된 내가 있다. 티끌이 된 기린이 있고, 티끌이 된 네가 있다. 티끌이 된 하늘이 있고, 티끌이 된 바다가 있다. 우리는 티끌이고, 티끌 모아 티끌 모아 우리는 티끌이 된다.

우리는 티끌이 된다. 티끌이 된 뒤에도 다시 티끌이 된다. 티끌이 바라보는 티끌이 되고, 티끌을 그러모으는 티끌이 된다. 티끌 속에는 산도 있고 바다도 있다. 티끌 속에는 섬도 있고 웃음도 있다. 티끌 속에는 가벼운 글자도 있고 무거운 글자도 있고, 티끌 속에는 이성도 있고 감성도 있다. 티끌은 모든 것이 된다. 티끌이 있는 모든 것이 된다. 티끌에 있는 모든 것이 된다. 티끌은 사라지고, 티끌은 모든 것으로 남는다. 우리는 티끌이 되고, 우리는 남지 않는다.

2.

단어를 생각한다. 몇 개 생각나지 않는다. 다시 단어를 생각한다. 그래도 몇 개 생각나지 않는다. 단어를 짜내 본다. 양손으로 꽉 잡고 짜내 본다. 몇 개가 더 튀어나온다. 더 짜내 본다. 더 튀어나오려다, 조금은 길고 단단한 단어가 걸린다. 난 길고 단단한 단어를 열심으로 꺼내 본다. 길고 단단한 단어는 결국 나오지 않는다. 나는 떨어진 단어를 주워 모으고, 몇몇 단어를 건들며 길고 단단한 단어의 모습을 상상해 본다.

*

아크릴 수조가 있다. 고기를 넣는다. 헤엄친다. 붉은 지느러미다. 지느러미 끝에 검은빛이 맺힌다. 검은빛이 투명해진다. 투명하게 빛나는 검은빛 지느러미 끝으로 검은 네가 있다. 검은 너는 헤엄친다. 물고기에 붙어서 헤엄친다. 검은 아크릴 물고기다. 지느러미만 붉다. 아크릴 수조에 헤엄치는 검은 아크릴 물고기. 그 끝에 네가 있다. 나는 헤엄치고 싶지 않다.

내 고향은 춘천이다. 대전이다. 아닌가? 내 고향은 강원도다. 강원도의 힘이다. 힘이 있는 개울이다. 힘이 있는 개울가의 뿌리 깊은 풀잎 속이다. 아닌가? 아닌가? 난 고향이 없이 떠도는 고양이고 고양이의 털 속에서 한숨을 푹푹 쉬는 무언가다. 한숨 속에서 나오는 노릿한 노린내를 맡는, 조그만 강도래 한 마리다. 아닌가? 난 기둥 뒤에 숨어 하늘을 바라보다 익사한 어느 물고기인가? 아닌가? 모르겠다. 이제 알 수 없는 것은 아무것도 없고 내 고향은 그저 웅덩이다. 아닌가?

꽃이 피고, 꽃이 떨어진다. 꽃이 떨어지고, 잎이 난다. 잎이 나고, 잎이 뻗고, 가지가 뻗고, 바람이 분다. 바람이 불면 나뭇가지도 흔들리지만, 바람이 불지 않아도 나뭇잎은 떨어지겠지만, 꽃이 피고, 꽃이 떨어진다. 꽃이 떨어지고, 바람은 아무도 탓하지 않는다.

*

나사가 어디로 갔나? 생각한다. 드라이버를 보며 생각한다. 드라이버는 십자지만 나사는 보이지 않는다. 나사는 어디로 갔나? 생각하며 주변을 뒤져 본다. 나사를 돌릴 곳을 뒤져 본다. 나사를 생각하고, 나사의 상을 생각하고, 나사를 찾아본다. 나사는 어디에도 없다. 나사는 어디에도 없지만 드라이버는 나사를 사랑한다. 나사는 어디에도 없기에 드라이버는 나사를 사랑한다. 나는 나사를 사랑한다. 나는 드라이버는 아니지만. 어디에도 없기에,

　나는 모래. 사막 위의 모래. 모래 위에 앉은 모래. 모래 속에 숨겨진 모래. 은빛 모래. 금빛 모래. 모래 속에 숨겨진 금빛 모래. 여긴 사막. 나는 사막. 나는 사막 위를 떠도는 낙타. 낙타 눈썹 위에 앉은 먼지. 먼지 뒤로 팔랑이는 낙타의 무거운 털. 낙타의 무거운 혹. 낙타의 무거운 눈. 무겁고, 또 무거운 눈.

　내 편지는 끝내 도착하지 않을 것이다. 내 편지는 끝내 보내지지 않을 것이다. 내 편지는 끝내 써지지 않을 것이고, 내 편지는 끝내 아무도 사랑할 수 없을 것이다. 내 편지는 시간이 지날수록 검게 물들고, 내 편지는 시간이 지날수록 글자가 지워질 것이다. 내 편지는 당신을 위해 적히지 않았으며, 내 편지는 나를 사랑하지도 나를 미워하지

도 않을 것이다. 편지가 온다. 끝도 없이 편지가 온다. 끝
도 없이 달려오는 편지를 보며, 나는 내 편지를 생각하고
내 편지는 나를 끝내 저버릴 것이다.

*

한 사람이 지나가고 다른 한 사람이 지나간다. 한 글자
가 지나가고 다른 한 글자가 지나간다. 한 사람이 한 글자
를 줍고, 다른 한 사람이 다른 한 글자를 줍는다. 한 사람
이 글자를 돌리고, 다른 한 사람이 글자를 맞춘다. 한 단어
가 두 사람의 손에 들려 있다. 한 단어가 두 사람의 손에
얹혀 있다. 한 단어가 두 사람의 머릿속에 얹혀 있다. 두
사람이 한 단어를 두고 말한다. 두 사람이 말한다. 한 단어
가 말한다. 한 단어가 웃는다. 한 사람이 웃는다.

3.

빙글빙글 돌아가며 술래가 된다. 빙글빙글 돌아가며 술
래가 되자. 술래야 쫓아와라 박수 치는 쪽으로. 술래의 자
리에 앉으면 너도 술래가 되는 거야. 술래야 놀자 나 잡으

며 놀자. 빙글빙글 돌아가며, 박수 치는 쪽으로 가자. 그러다 이 자리에 앉으면 너도 술래가 되는 거야. 술래야 놀자. 박수 치는 쪽으로.

*

가시와 모자를 생각한다. 가시의 모자를 생각한다. 모자에 붙은 가시를 생각한다. 도깨비바늘을 털어 내도 모자는 모자고, 바늘은 찔릴 데 없이 바늘이다. 가시와 모자를 생각한다. 다시 한번 생각한다. 가시면류관을 생각한다. 유대의 왕 예수를 생각한다. 삼 일 만에 죽고 다시 살아나는 것을 생각한다. 면류관을 생각한다. 면류관의 앞에 박힌 하얗고 부드러운 것을 생각한다. 가시가 없는 모자를 생각한다. 생각하다 보면 내 모자엔 아무런 장식도 없고, 내 모자는 노랗게 변해 주저앉는다.

어떤 단어에 사로잡히고, 어떤 문장에 사로잡힌다. 어떤 문장에 사로잡히고, 어떤 이야기에 사로잡힌다. 사로잡힌 뒤에 남는 것은 아무것도 없다. 타고 남은 재뿐. 타고 남은 재에서 이야기를 찾는다. 타고 남은 재에서 문장을 찾는다. 타고 남은 재에서 단어를 줍고, 다시 단어를 맞춰

본다. 단어를 맞춰 봐도 처음의 그 단어는 없고, 그저 타고 남은 재다. 타고 남은 재일 뿐이다.

그래 그렇게 밤의 한가운데에서 너는 나를 보며 속삭였고, 나는 너의 말을 듣지 않았지. 너의 속삭임은 너무 작았고, 너무 잔인했고, 너무 무가치했기에. 너의 속삭임을 버리고 나아가던 나의 뒤로 너의 기척이 느껴졌지만, 나는 너를 돌아보지 않았지. 너의 기척은 너무 무가치했고, 너는 무가치했고, 너는 나를 보며 비웃기만 했고, 나의 흔적을 무시했기에. 나는 그렇게 돌아보지 않고 밤의 한가운데에서 밤을 보았고, 너는 나의 뒤에 붙어 계속해서 속삭였지. 속삭이는 너를 돌아보고도 나는 아무런 감정이 일지 않고, 그저 너의 뺨을 한 대 때리고, 그저 너의 뺨을 한 번 바라보고, 다시 밤의 한가운데에서 스치듯 너의 마지막을 생각했지.

*

나는 불경처럼 서러워졌다. 불경한 말이라도 내뱉은 듯. 불경하게 서러워졌다. 불경한 상태로 서서, 불경하게 너를 바라봤다. 너는 불경을 읊고, 나는 불경처럼 서러워지고, 나는 불경한 말을 내뱉기로 했다. 흔들리는 나뭇가지처럼, 흔들리는 말을, 너에게, 더욱 불경하게, 더욱 거운하게 내뱉고는 스스로 후회하고 서러워졌다. 너의 불경 읊는 소리는 여전하다. 나는 서러워지고, 나는 너에게 말을 붙일 생각을 하지 못한다. 너는 경전을 덮고, 너는 후회스런 이야기를 내뱉기 시작했다.

*

　사람이 없는 곳에서 사람의 목소리를 듣고, 사람의 목소리를 따라 사람이 없는 길을 걷고, 사람이 없는 길을 걷다 보면 아무런 소리도 들리지 않고, 아무런 소리도 듣지 않고 아무런 말도 하지 않으며, 아무런 것도 되고 싶지 않은 표정으로, 아무런 것도 될 수 없는 표정으로, 아무런 것이나 되고, 아무런 것이 걸어간다. 아무런 것이 사람의 목소리를 내고, 사람의 흉내를 내고, 사람이 되기로 하고, 사람이 되어 너를 따라간다.

　불상을 본다. 표정 없는 불상을 본다. 표정 없는 불상의 머리 위를 본다. 표정 없이 서 있는 쥐가 있고 새가 있다. 표정 없이 쥐를 바라본다. 표정 없는 쥐를 바라본다.

표정을 일그러트려 본다. 표정을 그려 본다. 불상의 얼굴에 표정을 그려 본다. 은근한 표정을, 은근히 바라보는 표정을, 바라보지 않는 표정을. 바라보지 않아도 보이는 표정을. 표정을 그린 뒤에 다시 새를 바라본다. 새가 웃는다. 환하게 웃는다.

4.

끝인 밤, 모든 것이 끝인 밤, 모든 것이 끝나는 밤에서, 밤에서, 밤을 따라 걷는 사람이 있다. 사람은 눈도 없고 코도 없이 앞을 향해 걸어간다. 사람이 지난 자리마다 다 폐허다. 오랜 시간이 지난 후에도 다 폐허다. 사람은 입만 남아 입을 움직인다. 입을 움직일 때마다 나는 소리가 있다. 소리가 지난 자리마다 다 폐허이고, 폐허가 남은 자리마다 다 글자가 있다. 사람은 계속해서 걸어간다. 끝인 밤, 모든 것이 끝인 밤, 모든 것이 끝나는 밤에서. 모든 것을 끝내는 단어를 중얼거리며.

서로를 사랑하는 단어가 있다. 이제 남은 일은 단어를 줍는 일뿐이다. 단어를 줍고 나면 아무 단어도 남지 않는다. 서로를 사랑하는 단어는 서로를 미워하고, 아무것도 남지 않는다. 슬퍼져서, 지금은 더 이상 단어를 줍고 싶지 않다.

죽은 이들을 위한 노래

―

가을비가 내리면

죽은 사람들이 말 거는 그런 아침이 오고

가을비가 내리면

죽은 사람은 아무도 없는, 아무도 없는 차가운 공기 속에
아무도 말 걸지 않는 그런 아침이 오고

가을비가 내리면

모든 사람들은 죽은 사람이 되고
죽은 사람들은 모두 입을 다무는, 그런 아침에
고양이만 시끄럽게 떠들어 대는 아침

가을비 내리는 그런

그런 아침에는 아무것도 먹지 않으며
― 아무런 이름도 적지 않으며, 아무 낙엽도

아무 잎새도 떨어지지 않는
옆집 감나무에서 감만 떨어지는

가을비 내리는 아침에는

옆집 감나무에서 떨어지는 감을 보며
겨울 감나무를 보며
감 다 떨어지고, 잎 다 떨어지고
이태껏 붙어 있는 귀신을 보며

가을비 그치고 나면

귀신을 생각하고,
귀신에게 노래를,
춤을 출 수 있게 노래를 들려주며
귀신도 떨어지는 겨울을 생각하며
가슴 아프게, 마지막 잎새에 이름을 적고.

창힐의 천 편의 시

─현대시의 제조 공정을 따라가다

이수명(시인)

　시인들이 쓰는 시가 결국 시에 대한 시라는 것을 모를 수는 없는 일이지만, 이 재귀적 방향에서 벗어나 열심히 무엇인가를 말하거나 전달하려는 시(①)가 있고, 그러한 노력을 시의 존재를 보여 주는 데에 쏟는 시가 있다고 할 때, 김연필의 시가 후자에 해당된다는 것은 단 한 편만 읽어도 알 수 있는 일이다. 후자를 다시 세분화해서 미학적 형태를 의식하고 완성에 근접하려는 시(②)가 있고, 완성으로부터 언어의 질료적 도피를 보여 주는 시(③)가 있다고 할 때, 그의 시가 또 후자에 해당된다는 것 역시 그 한 편의 시에서 바로 알 수 있다. 김연필의 시에서 느끼는 해방감은 여기서 출발한다.

　그는 무엇을 쓰는가에서 일차적으로 벗어나고, 미학적 완성이나 표현의 기교로부터 두 번째로 멀어지며, 이러한 두 계열의 시들(①, ②)과는 다른 것에 몰두한다. 그것은 언어다. 정확하게는 언어라는 질료다. 시도 하나의 제품이고 언어를 가지고 만드는 것이라면, 좀 더 세분화된 언어의 단계, 즉 질료 단계, 일차적 이차적 가공 단계, 완성 단계, 사용과 교환 단계 등으로 그 성격을 구분할 수 있을 것이다. 다소 단순함을 무릅쓰고 연결을 시도해 보면 ①은 사용과 교환 단계, ②는 완성 단계에 가깝다. 이에 비해 상대적으로 ③은 질료 단계나 가공의 단계에 해당된다.

언어의 질료나 가공 단계에서 시를 쓴다는 것은 무슨 뜻일까. 말의 색깔, 모양, 냄새 등 가장 원형적 단계에서 질료를 움직이는 것을 말할 것이다. 내포와 외연의 집합체로 의미가 구조화되는 최종 단계와는 사뭇 다른 환경이다. 물론 의미로 결과되기 이전에 머문다는 것은 의미라는 결과를 지연시키기도 할 것이다. 어찌되었든 김연필 시인이 작업하는 곳은 바로 여기다. 언어가 질료로 존재하는 곳, 원형에 가까운 움직임을 보이는 곳, 의미가 적재되지 않은 단계, 말들이 복잡한 연결을 꾀하기 이전에 스스로 존재하거나 행위하는 곳이다. 문장은 안김이나 안음 형태의 여러 겹으로 되어 있기보다는 주로 기본 성분만으로 이루어져 있다. A는 B하다 → A는 B한다 → A는 B이다와 같은 최적화된 단문들이 움직이고, 이 홑문장들이 연결어미로 이어진다. 이러한 구문의 전개는 관계의 다층화나 의미의 심화와 멀어지면서 자연스럽게 말의 질감, 운동에 가까워진다. 말의 움직임, 말의 존재, 이것이 그의 시다.

시인은 언어의 재료나 가공 단계에 머물면서 이러한 말

의 과정을 그대로 보여 주려 하며, 오히려 이 과정이 시라고 스스럼없이 내놓고 있다. 결과의 도출에 익숙한 눈에는 낯선 것일 수 있다. 하지만 재료적 질감을 극대화한 이 작업은 내용을 질료에 귀속시키는, 미술을 필두로 한 현대 예술의 경향에 정확히 상응한다. 언어라는 기호가 의미에 친화적이고 순진하지 않고 잘 구부러지지 않는 특성을 갖는 것을 감안할 때, 언어 기호로 질료 단계에서 작업한다는 것은 애초에 불가능해 보이기도 한다. 하지만 김연필 시인은 시 속에 등장하는 창힐이라는 시인의 예를 통해서 시집을 이러한 작업으로 채운다.(「장면」) 창힐은 성숙한 기성 시인이 아니라 "어린 시인"이다. 기성의 시 쓰기에 물들지 않은 시인이다. 언어를 질료화하는 것에서 시작할 수 있는 시인이다. 그러므로 "창힐이 천 편의 시를 쓰"는 과정이 이 시집이라 해도 좋을 것이다. 시가 탄생하는 과정을 스스로 보여주면서 마치 창힐은 이렇게 말하는 것 같다. 자, 보여 줄게, 현대시는 이렇게 쓰는 거야.

1. 용해—녹여서 쓰는 시

주지하다시피 언어는 기호다. 소리에 뜻이 결합되어 있기에 언어는 기실 딱딱한 것이다. 의미에 침윤되어 있는 언어를 가지고 시인이 온전하게 새로운 것을 만들어 내기 어려운 것도 이 때문이다. 하지만 김연필 시인은 경직되어 있는 언어 기호를 의미로 더 고정시켜 나가는 것이 아니라 의미를 헐겁게 하여 풀어 버리는 새로운 방향으로 나아간다.

어떤 방식으로 의미를 풀어 버릴 수 있을까. 그의 첫 시집은 이에 대한 탐문과 도전의 전 과정을 보여 주는 출사표와도 같다.

　우선 가장 주요하게 나타나는 전술은 말을 말에 비추고 통과시키는 것이다. 다양한 오브제나 상황을 나타내는 기표들이 만나고 어우러지고 반복되고 서로를 통과해 간다. 이것은 부딪침이라기보다는 스밈이다. 말들이 앞으로 나섰다가 뒤로 물러섰다가 하면서 서로에게 스며든다. 이러한 섞여 들기는 고지식한 의미를 난감하게 하고 흔들어 버린다. 그리하여 의미가 희미해지고 길을 잃으며 말이 최대한 무늬에 가까워졌을 때, 섞인 말들은 구별의 경계를 넘어 서로 녹아드는 듯 보인다. 말이 말에 용해되는 것 같은 유니크한 현장이 탄생하게 되는 것이다.

　너의 손등을 간지럽힌다. 네가 잠든 동안. 너의 손등에 볼펜으로 그림을 그리고. 그 그림은 지워지지 않는다. 너의 손에 말을 적으면 너는 조금씩 말을 시작하고. 너의 그림은 조금씩 흔들린다. 나는 흔들리는 너를 안아 본다. 흔들리는 너를 간지럽힌다. 너는 웃고. 그러다 보면 검은 돌들이 우리를 둘러싼다. 손등에 그린 그림은 돌의 그림이다. 손등에 쓴 말은 물의 말이다. 물이 너의 손등을 간지럽히고. 나는 웃는다. 웃음이 자꾸만 돌 속에서 흐르고. 나는 너의 손등에 그린 그림이다, 너의 뺨이다, 물에 적신 너의 어떤 곳이다. 어떤 곳에 어떤 그림 그린다. 너는 계속 웃는다. 나는 계

속 우습다. 나는 흔들리는 것들을 본다. 돌아가는 것들을 본
다. 우스운 것들에 다가간다. 너의 뺨에는 구멍이 많다. 너
에게 물이 스미고. 너는 발화한다. 계속되는 발화 속에서 흔
들리며 돌아가는 것을. 너의 손등이 지워지지 않도록 그리
고 그린다.

　　　　　　　　　　　　　　　　　　　　—「정녕」 전문

　　유리로 된 달빛 같은 밤, 달빛으로 된 거울 같은 밤, 거울
속에 비친 어두운 밤, 밤의 너머에 비치는 어떤 밤. 어떤 유
리로 된 밤, 어떤 유리로 만든 밤, 어떤 유리를 만든 밤, 어
떤 유리로 남은 어떤 밤. 어두운 밤. 유리로 된 달빛 같은
밤, 달빛으로 된 거울 같은 밤, 밤으로 된 겨울 같은 밤. 겨
울로 된 밤. 겨울에 비친 밤. 겨울 속에 남은 어떤 밤. 어두
운 밤. 유리된 달빛 같은 밤. 해가 없는 밤. 해가 없이 빛나
는 밤. 밤마다 사라지는 밤. 밤의 멀리로 사라지는 그 어떤
밤. 그 어떤 밤의 조각 같은 어떤 유리 같은 어떤 달빛 같은
어떤 조각만 남은 밤. 모든 밤. 모든 밤이 서술되는 밤. 모든
밤이 서술되는 유리로 된 거울에 비치는 밤.

　　　　　　　　　　　　　　　　　　　　—「천문」 전문

　　위의 시편들은 말을 녹여서 쓰는 시인의 주효한 방식을
잘 보여 준다. 「정녕」에서 나는 "너의 손등에 볼펜으로 그림
을 그리고" "너의 손에 말을 적"는다. 곧 "손등에 그린 그림
은 돌의 그림"이고 "손등에 쓴 말은 물의 말"이라고 진전되

면서 상황은 서서히 변모된다. "물이 너의 손등을 간지럽히고", "나는 웃"고, "웃음이 자꾸만 돌 속에서 흐르고. 나는 너의 손등에 그린 그림"이 된다. 나는 너의 손등에 그림을 그리는 주체로 시작해서, 여러 말들이 서로 통과하고 난 후에는 그려진 그림 자체가 되는 것이다. 나는 이제 내가 그리는 그림이다. 발화자가 사라지고 발화 대상으로 변화해도 발화는 계속된다. 발화의 물질성만 남는 것이다. 발화가 계속되면서 존재의 회전도 계속된다. 손, 그림, 말, 돌, 물, 웃음이라는 언어 기호들이 제 위치를 벗어나 빙빙 돌면서 서로 에워싸고 스미고 흔들리며 녹아든다.

「천문」에서는 이러한 말의 통과와 용해가 더 리드미컬하게 진행된다. 밤의 의미가 아니라 밤을 꾸며 주는 말들의 행진이다. 유리, 달빛, 거울, 겨울, 해라는 말들이 번갈아 나타났다 사라진다. 이 말들은 서로 겹치고 펴지고 밀고 밀리고 녹는 듯 녹이는 듯 떠올랐다 가라앉고를 반복하며 밤을 둘러싸고 빙글빙글 돈다. 밤도 명사에 머물러 있는 중심이 아니다. 이 말들과 어우러져 밤도 밤을 스스로 에워싸고 돈다. "밤마다 사라지는 밤"으로 말이다. 밤의 회전이다. 이제 밤이 어디에 있는지 알 수 없게 된다. 하지만 이러한 밤이야말로 "모든 밤"이다. 모든 움직임들이 서로 스며들며 밀고 당기며 포옹하며 하나가 되었다가 일렬로 늘어섰다가 하는 밤이다. 모든 언어 기호들이 녹아드는 밤이다.

언어를 녹여 쓰는 김연필의 시는 완강해 보이는 언어 재료들을 가지고 진행되고 있다는 점에서 얼핏 금속가공의 면모를 떠올리게 한다. 모든 금속가공의 제1단계는 금속들을 녹이는 것이다. 구리든 철이든 용도에 붙들린 제품 형태의 금속을 다시 원료의 상태로 되돌리기 위해서 금속 물건들은 용광로에 들어가 녹아내려야 한다. 녹슬고 쓰임에서 버려진 물건들이 다시 새로운 존재로 태어나기 위해 치러야 할 첫 번째 단계가 용해인 것이다. 용광로 속에 들어간 고철 더미들이 녹아내려 형체가 사라지고 용도로부터 해방되듯이, 김연필의 시는 의미에 속박되고 녹슨 언어들이 섞여 들어 탈의미화로 녹아드는 긴요한 풍경을 연출한다. 물론 용광로 속의 금속들이 열렬하다면, 그의 시는 열렬보다 강인하다. 물성을 회복한, 부드럽게 일렁이며 서로 넘나드는 그의 언어는 내밀한 환상적 아름다움까지 띠고 있다.

2. 단조―두드려 펴서 쓰는 시

기왕에 진행된 금속가공의 이야기를 조금만 더 해 볼 수 있을 것이다. 금속은 단단하고 말을 잘 듣지 않는다. 이것을 자유자재로 변형시키거나 새로운 것으로 만들기 위해서 용해를 시키고 난 후, 금속을 가공하는 방법 중의 하나가 단조다. 단조는 녹여서 굳힌 금속 덩어리를 두드려 펴는 것이다. 망치를 사용하지만 더 크고 힘이 많이 들어가는 경우에는 기계로 두드려서 금속을 변형시키는데, 이 두드리는 행위를 통해서 금속은 가공에 필요한 형체를 갖추게 된다.

김연필 시인이 시를 제조할 때, 금속가공의 공정을 방불케 하는 예들은 무수히 많다. 그중에서도 단조를 직접적으로 떠올리게 하는 구절들이 먼저 눈에 띤다. 예컨대 "두드리는 소리. 두드릴수록 단단해지는 소리"(「장면」), "우리는 왜 이럴까, 우리는 왜 이럴까 하며 나무 위에 서서 고철 장난감만 두드리다"(「가뭄, 서커스, 배수구」), "벌판 위에 검은 고양이 한 마리, 두드리면 조금씩 문이 열린다"(「봄과 기울어진 새」) 같은 부분에서 두드리는 행위가 클로즈업된다. 두드리는 것은 변형, 강화, 확장을 야기한다. 그것은 동력학이다. 언어의 동력학을 넘어 행위의 동력학이다. 왜냐하면 그의 두드림이 목적론적 퍼즐을 맞추기 위한 것이 아니라 두드림 자체의 동력에 집중되어 있기 때문이다. 그는 "고철 장난감만 두드리"는 것이 무엇을 새로 만들기 위한 것이라기보다는 두드려 용도를 폐기하고 질료의 가능성을 회복하는 것에 다름 아니라는 증언을 하고 있다. 단지 두드려 펴는 것에 집중하고 있는 것이다.

　　우리의 생활이 들린다 밤도 없이 낮도 없이 어두운 곳에서 고물을 두드리는 생활, 고물을 잘 두드려 펴고, 잘 두드려 편 고물들을 다시 두드려 패고, 잘 두드려 팬 고물들을 알 수 있는 생활, 알 수 있는 것이 있잖아 딱 하나 우리가 알 수 있는 것 잘 두들겨진 이 고물 이 활자 이제는 반짝거리지도 않고 자유를 말하지도 않는

　　　　　　　　　　　　　　　　　　　　　―「비익조」부분

사실 김연필 시인에게서 두드림이야말로 가장 자각적인

행위이며 행위예술이라고 할 수 있다. "고물을 잘 두드려 펴고, 잘 두드려 편 고물들을 다시 두드려 패"는 것이야말로 예술이고 생활이다. 두드려 펴고, 편 것을 다시 두드려 펴는 이 반복의 무한함이 의미와 정지를 벗어나는 길이며, 목적의 궤도 속으로 함몰되지 않을 수 있는 방식이며, 시간의 연장이 허락되는 통로이다. 우리는 고물을 두드리며 펴며 우리를 연장하며 살아가는 것이다. 우리의 시간과 공간은, 우리 자신은 지속적으로 펴서 늘리고 연장된 해프닝에 불과하다.

김연필의 시 제작이 이와 같은 두드림의 맥락임은 말할 필요도 없다. 그는 "잘 두들겨진 이 고물 이 활자"라는 구절을 통해 고물이 언어라고 직접 이야기하기도 한다. 그의 시작 행위는 고물의 말을 두드려서 회복시키는 것에 다름 아닌 것이다. 하지만 말을 두드려 펴는 이 무모하고 무목적적인 행위는 김수영의 활자에 대한 믿음("활자는 반짝거리면서 하늘 아래에서 간간이 자유를 말하는데", 「死靈」)에 정면으로 배치된다. 김수영은 활자, 즉 언어가 반짝거리고 자유를 말한다고 하지만 김연필에게 잘 두들겨진 언어는 "이제는 반짝거리지도 않고 자유를 말하지도 않는" 물성의 상태인 까닭이다. 언어는 자유로 인간을 각성시키는 것이 아니다. 오히려 인간(의 이데올로기)에 물들어 있는 언어를 두드리고 펴서 자유를 회복하는 상태가 되어야 하는 것이다.

나는 그곳에서 아무것도 할 줄 몰랐다, 아무것도 할 줄

모르는 속에서 아무것도 하지 않는 법을 생각했다, 나는 생
각하는 법을 모르는 속에서 그곳에 갔다, 나는 그곳을 생각
하며 너에게 뭐라고 했다, 나는 그곳을 생각하며 너에게 밉
다고 했다, 나는 그곳을 생각하며 너에게 화를 냈다, 나는
화를 내는 시늉을 했다, 그곳에서 화를 낼 줄 몰랐다, 나는
화를 낼 줄 몰라서 아무것도 하지 않는 법을 생각했다, 생각
하면서 나는 너에 대해 비난하는 법을 생각했다, 비난할 줄
몰랐다, 비난을 배우려 했다, 비난을 배우며 너에게 나는 그
곳에서 아무것도 할 줄 모른다고 말했다, 너는 나에게 아무
말도 하지 말라고 했다, 아무 말도 하지 말고 잠이나 자라고
했다, 나는 너에게 밉다고 했다, 밉다고 하면서 싸우는 법을
생각했다, 생각하고 그곳을 떠났다, 나는 그곳이 어디인지
생각할 줄 몰랐다, 생각하지 않고 그곳을 떠나면서 그곳을
말하면서 그곳을 말하지 않으면서 그곳에서 그곳으로 그렇
게 했다, 그렇게 했다고 생각하며 너에게 비난하는 법만 배
웠다,

—「곳」 전문

언어를 두드려 펴서 시를 쓴다는 것이 무엇인지 살펴볼
수 있는 예로 보인다. 먼저 "아무것도 할 줄 몰랐다"는 말은
"아무것도 하지 않는 법을 생각했다"는 말로 일차적으로 두
드려지고 변형된다. 그리고 여기서 "생각했다"는, "생각하
는 법", "생각하며 너에게 뭐라고 했다", "생각하며 너에게
밉다고 했다", "생각하며 너에게 화를 냈다"로 계속 두드려

지고 펴진다. 이제 "생각"을 두드리면 "화를 냈다"는 부분이 밀려 나온다. 다시 두드린다. "화를 내는 시늉을 했다", "화를 낼 줄 몰랐다"로 이어지고 "화"를 계속 두드리면 "비난하는 법을 생각했다", "비난할 줄 몰랐다", "비난을 배우려 했다"로 펴진다. 이것을 계속 두드리면 다시 앞부분에 도사리고 있던 "밀다"가 튀어나온다. "밀다고 했다", "밀다고 하면서 싸우는 법을 생각했다"로 펴지고, 결국 더 앞에서 시작되었던 "생각"을 맞닥뜨리게 된다. 그리하여 계속 두드리고 두드리면 "생각하고 그곳을 떠났다", "생각할 줄 몰랐다", "생각하지 않고 그곳을 떠나면서", "생각하며 너에게 비난하는 법만 배웠다" 등으로 이리저리 늘어나게 된다. 언어는 의미의 차원으로 심화되거나 이륙하지 않고 계속해서 질료적 상태에 머문다. 물성에 복무하며 물성으로 저항을 한다. 말을 두드리면 말이 나올 뿐이다. 말에서 말로 펴지고 늘어나는 말의 반복을 벗어나지 않는다.

언어를 두드리고 두드리는 이러한 김연필 식 전개야말로 두드림의 현대적 난타전이라 할 수 있다. 언어의 운동이나 체조 같기도 하고, 동기의 음악적 변주 같기도 하고, 구문의 도주와 도피 같기도 하다. 어느 경우가 되었든 이것은 특정 결과를 산출하기 위한 정밀한 타법이 아니라 두드림에 의해 산출된 무작위한 결과라 할 것이다. 굳이 결과라 할 수 있다면 말이다. 그리하여 두드려지고 펴진 말들은 불안정하게, 불확실하게, 불안정하고 불확실한 자유를 누리며, 언제나 다시 두드려지고 펴져야 하는 과정에 있다. 당

연하게도 말은 언제나 불충분하기에, 어떠한 말도 당위를 체득하지 못하며 고정되지 않는다. 하지만 어쩌면 말의 자유라는 것은 이러한 것일지도 모른다. 무균질 언어의 횡행이 그 전부일 수 있다. 그의 시는 앞으로 나아가지도 비상하지도 않는다. 의미의 맥락과 전혀 무관한 물성의 대지에 남아 있는 것이다.

3. 점화—사방으로 튀는 불꽃의 시

김연필 시인이 언어를 물성의 형태에서 가공하고 가공된 것을 다시 물성의 형태로 되돌리는 작업을 하는 동안 자생적으로 출현하는 것이 있다. 녹고 녹이는 용해의 소용돌이에, 두드려 펴지고 늘어나는 물성의 끈적임에 속하지 않는 부유물들이다. 용해와 단조의 동력에 구속되지 않는 예외적 섬광이라고도 할 수 있다. 이것은 언어에서 떨어져 나가거나, 떨어져 내리는 언어들이다. 이를테면 금속의 가공 공정에서 일어나는 불꽃 같은 것이다. 용광로 속에서 금속들이 녹아내려 액체가 될 때나, 달궈진 금속 덩어리들을 망치로 두들겨 댈 때 필연적으로 발생하는 불꽃 말이다. 불꽃은 탁탁 소리를 내며 사방으로 튀지 않는가.

시에서도 녹이고 두드려 펴는 과정에서 사방으로 언어가 튀게 된다. 튕겨 나간 언어의 불꽃, 언어 덩어리들에서 떨어져 나간 이 불꽃은 마치 예외처럼, 비약처럼, 새로운 환기처럼 존재한다. 그리고 허공에서 잠시 고독하게 타오른다. 불꽃의 언어, 불꽃의 시, 그것은 물성을 거스르는 것이

아니며 오히려 물성의 절정이라 할 수 있다. 물성의 찰나이
다. 불꽃의 언어의 출몰이 없다면, 부스러기들이 없다면 시
는 얼마나 밋밋할 것인가.

　　창힐은 어린 시인. 혼돈은 어린 시인. 어린 시인의 얼굴
　에 구멍을 뚫는 벌레가 있구나. 벌레는 날아가고. 벌레는 어
　린 시인. 뒤집힌 딱정벌레의 배 위에 얹힌 무거운 침상.
　　　　　　　　　　　　　　　　　　　　　　　—「장면」 부분

"어린 시인의 얼굴에 구멍을 뚫"고 날아가는 벌레는 무
엇인가. 벌레의 순간은 무엇인가. 이것이 무엇인지도, 어떻
게 가능한지도 알 수 없는 일이다. 알 수 있는 것은 구멍을
뚫고 날아가는 벌레를 보았다는 것이다. 시를 쓰는 어린 시
인인 창힐에게 이러한 순간이 존재한다는 사실이다. 의미
가 포획할 수 없는 언어의 불꽃 같은 순간이다. 불꽃은 잡
을 수 없다. 불꽃이 허공에 구멍을 내듯이, 벌레는 시인에
게 구멍을 낸다.

　　푸른 꽃이 떨어지고 우리는 비탄에 잠겼다

　　꽃이 떨어지며 떨어진 모든 것들이 우리의 비참을 깨우
　고, 우리의 비참 속에서 우리는 어디로 갈지 알 수 없었다

　　밤공기를 나눠 마시며 걸어도 조금도 비참해지지 않았

다, 푸른 꽃이 떨어졌는데, 모든 것이 떨어졌는데, 모든 것이 떨어지고 난 뒤에도 조금도 비참하지 않은 이상한 우리는

우리의 비참 속에서 걷고 있었다 비참에서 나오는 푸른 꽃을 알고 있었다 우리의 우주에서 푸른 꽃이 떨어지고 또 떨어졌다 더 이상 걸어갈 곳이 없어 더는 걸어갈 수 없음을 깨달을 때쯤 우리는 우주 속에서 슬픔을 경험하고

모든 것이 우리 속에 잠겨 간다 모든 것이 떨어진 후에도 우리는 모든 것이 잠기도록 끝없는 물을 내린다 우리는 물로 만든 짐승이다 물이 다 빠지고 나면 우리는 푸른 꽃이 될 것이다 푸른 꽃이 되어 멀리 떠날 것이다

멀리 우주 너머에 너무 아픈 꽃이 있다 꽃나무가 있다 푸른 꽃이 피고 푸른 희망이 피고 푸른 비참과 절망의 씨앗이 자라고

모두 푸르러서 더는 말할 수 없는 꽃잎을 휘날린다 더 많은 위성으로, 성운으로, 빛으로, 마음으로 그리고 마른 수면으로

아프다고 해도 아프지 않은 날들이 계속되고, 우리는 우리의 멸종을 부르는 날을 반복하기 시작한다

—「질병」전문

"벌레"가 여기서는 "푸른 꽃"이 된다. 거의 모든 연에 등장하는 "푸른 꽃"은 녹이고 두드려 펴는 시인의 언어 가공 공정에 합류하면서도 기이하게 언어의 행렬 밖으로 튕겨져 나간 언어의 불꽃이다. 그것은 해석되지 않으며, 단지 매번 새로운 꽃으로, 매 연마다 놀라움을 주면서 예외적으로 튀어나온다. "푸른 꽃이 떨어지고"로 시작되는 첫 출연부터 불꽃이며, 이어 비탄(1연) → 비참(2연) → 비참(3연) → 비참, 슬픔(4연) → 비참, 절망(6연) → 멸종(8연)으로의 반복적 두드림 속에서 반복적으로 살아나는 불꽃이다. 그러므로 "푸른 꽃"은 푸른 불꽃이다. 우주에서 떨어진 이 푸른 불꽃은 "아픈 꽃"으로, "위성으로, 성운으로, 빛으로, 마음으로 그리고 마른 수면으로" 날아다닌다. 언제 어디서든, 그 무엇으로도 피어나 사방으로 튀는 불꽃이다. 불꽃은 그토록 순간이며, 우연이며, 몸을 자주 바꾸며, 무한히 되살아난다. 아무런 약속이 없는 비약이다. 물성 자체다. 언어가 바로 그런 것이 아닐까. 언어는 애초에 불꽃이고 푸른 불꽃이 아니었던가. 그러므로 시인은 말한다. "우리는 푸른 꽃이 될 것이다 푸른 꽃이 되어 멀리 떠날 것이다".

불현듯 나타나는 불꽃의 언어는 김연필 시인의 시가 생동하는 하나의 방향이다. 시의 언어는 불꽃으로 발생한다. 점등의 언어가 그의 언어이다. 출처를 알 수 없이 새로 만들어지고 계속 움직이는 언어다. 그의 시는 제품으로서의 언어가 다시 질료화되는 작업장이고, 질료로서의 언어가 물성을 보존하는 정밀한 환경이면서, 무엇보다 물성의 불꽃이 터지는 현장인 것이다. 또한 현장에서 일어나는 언어의 불꽃을 살려 내는 영상이며, 불꽃이 스러져 가는 최후의 순간을 목도하는 동반이다. 따라서 그의 불꽃은 찬란하면서도 서늘해서, 습기를 머금은 불꽃에 가깝다. 창힐이 쓰는 천 편의 현대시는 이 촉촉한 무수한 불꽃을 일으키며 불꽃으로 날아다닌다. 불꽃은 눈앞에서 짧게 타오르면서도 아주 멀리, 우리가 알지 못하는 곳으로까지 흘러가 버린다. 짐작건대 불꽃에서 불꽃으로 옮겨 다니는 창힐의 혼돈은 시에서 시로 도달하기의 까마득한 여정임에 틀림없다.

녹는 언어, 두드려 펴는 언어, 불꽃의 언어로서의 김연필의 시는 언어의 지시성이 거의 예외적으로, 극도로 취소되어 있다는 점에서 우리 문학사의 다양한 언어파적 시도에 닿아 있다고 할 수 있다. 김춘수나 오규원, 이승훈에서처럼 그의 언어는 언어의 틈으로, 의미로, 실재로 흘러들어 가지 않는다. 그리고 이 앞 세대 시인들의 선구적 모험을 좀 더 언어 쪽으로 이동시키는 것으로 현대시의 방향을 계승하고 있다. 그의 시는 언어의 외연에 있다. 아니 그의 언어가 외연이다. 언어의 접촉, 용해, 반복, 변주, 발생은 깊이를 작동시키지 않으며, 언어의 이동과 도약은 단지 언어를 향한 것이다. 언어들은 언어로 녹아들며 늘어나며 미끄러지며 튕겨 나간다. 언어가 대상을 만나는 것이 아니라 언어를 만나고 있을 따름이다. 이것이 그의 질료적 시 쓰기의 매력이다. 무엇보다 언어를 의미와 표현의 첨병으로 우대하기보다 이렇게 물질 상태의 미결정성으로 지속적으로 되돌림으로써 언어 해방이라는 불가능한 가능성을 우리 앞에 새삼 열어 보이는 것이다.